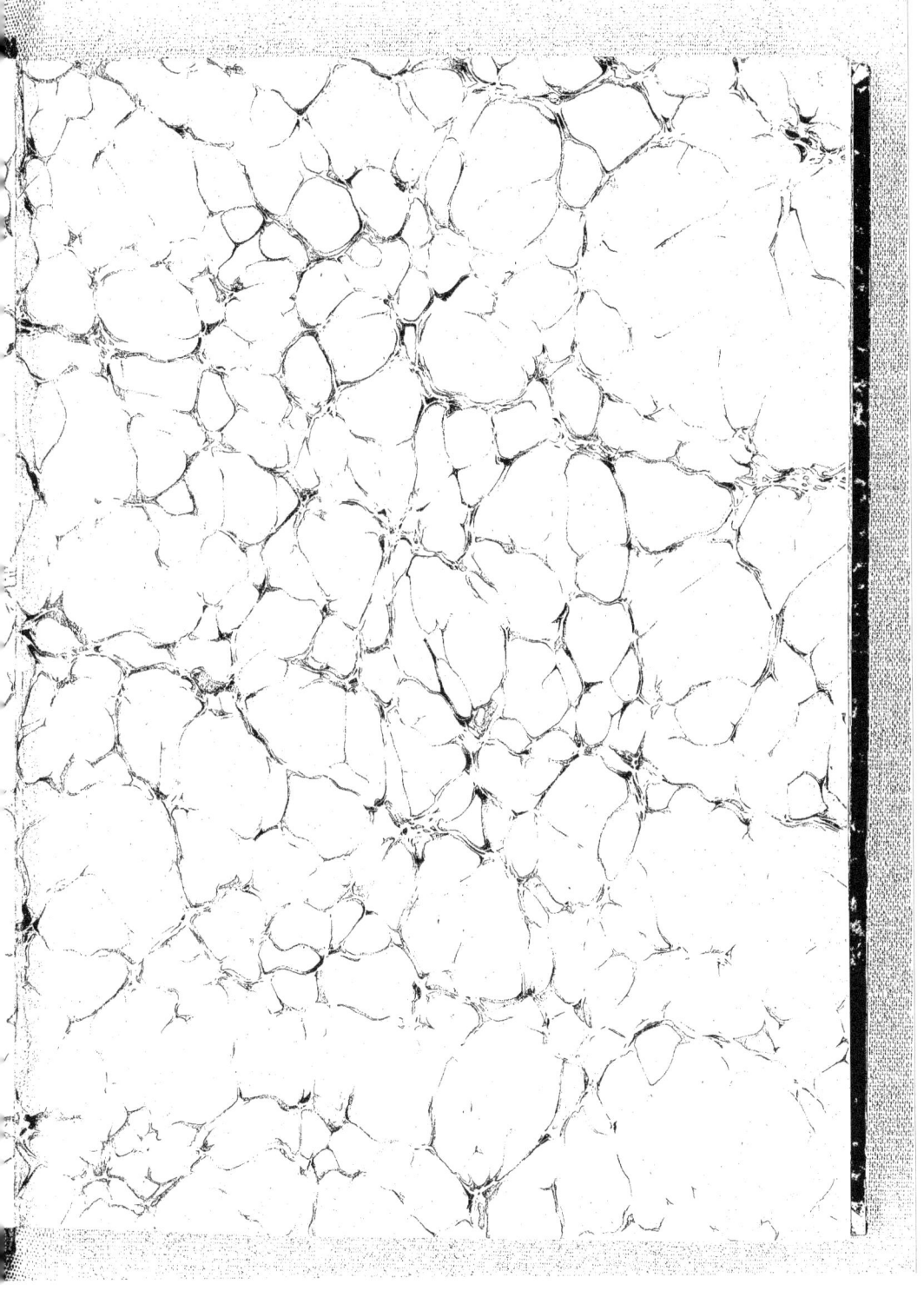

JEHAN-GEORGES VIBERT

LA COMÉDIE

EN

PEINTURE

TOME SECOND

PUBLIÉ PAR

ARTHUR TOOTH AND SONS

PARIS, 41, BOULEVARD DES CAPUCINES

LONDON, 5 AND 6, HAYMARKET | NEW-YORK, 299, FIFTH AVENUE

1902

JUSTIFICATION DU TIRAGE

Il a été tiré de cet ouvrage deux cents exemplaires, numérotés de 1 à 200, et signés par l'auteur.

Il a été tiré, en plus, cinquante exemplaires dits *de présentation*, destinés à être offerts. Ces exemplaires ne sont pas numérotés, mais portent les noms de leurs destinataires et la signature de l'auteur.

Les planches ont été détruites.

LA COMÉDIE

PEINTURE

EXEMPLAIRE ——— pour le dépôt légal

J. G. Vibert

JEHAN-GEORGES VIBERT

LA COMÉDIE

EN

PEINTURE

TOME SECOND

PUBLIÉ PAR

ARTHUR TOOTH AND SONS

PARIS, 41, BOULEVARD DES CAPUCINES

LONDON, 5 AND 6, HAYMARKET | NEW-YORK, 299, FIFTH AVENUE

1902

LIVRE ONZIÈME

AU MONASTÈRE

LE NOVICE

UN SCANDALE

LE COUVENT SOUS LES ARMES

L'ORDINAIRE DU COUVENT

LE NOVICE

Un jour, en Normandie, dans le département de l'Eure, près de la ville de Verneuil, dans une commune nommée Grosbois, je visitais une propriété à vendre.

Au milieu de cette propriété se trouvait une espèce de cloître de verdure formé par des allées de vieux sapins. Leurs troncs, dénudés à la base, montaient, droits comme des piliers dans la nef d'une église, jusqu'aux branches supérieures, qui s'entre-croisaient en arceaux pour former une voûte de feuillage impénétrable et sombre.

Le soleil, à son déclin, dardant ses rayons obliques à travers les arbres, zébrait le sol de longues coulées d'or empourpré.

Je m'étais assis devant ce cloître étrange, qui avait eu sans doute pour architecte un prieur fantaisiste et pour maçon la nature.

Animant par la pensée cette solitude, je voyais surgir tout à coup dans les traînées lumineuses des fantômes blancs, qui disparaissaient en rentrant dans l'ombre. C'étaient des moines, portant le costume des pieux trinitaires, se promenant en silence les uns derrière les autres, séparés par un intervalle de quelques pas.

Formant deux files, qui vont en sens inverse de chaque côté des sombres allées, ils cheminent lentement, sans échanger une parole, sans se rencontrer jamais. Ainsi le veut la loi du monastère.

Seul, un des plus jeunes frères, un novice, sans doute, reste immobile, affaissé

8

sur un banc, les regards tournés vers une statuette de la Sainte Vierge accrochée au tronc d'un arbre.

Quel est le nom de ce jeune homme ? et quelle épouvantable souffrance, quel horrible drame ont donc brisé son âme, pour l'avoir plongé, à la fleur de l'âge, dans ce refuge des désespérés ?

Nul ne le saura que Dieu. Les couvents pas plus que les tombeaux ne révèlent les secrets qu'on leur confie. Les écussons que suspendent en y entrant les tristes vaincus de la vie disent seulement à quelles nobles familles de la terre ont appartenu ceux-là qui, n'étant plus de ce monde, attendent silencieux, dans leur linceul de bure, l'heure d'entrer dans l'autre.

Lorsque s'éteignit le dernier rayon de soleil, la vision s'évanouit ; mais je résolus d'en reproduire l'image fidèle.

J'achetai la propriété. Je me fis construire un atelier à la place où je m'étais assis, et, pendant trois années, je passai là les mois d'été, attendant l'heure propice où se reproduisait l'effet de soleil, quand il voulait bien se montrer.

UN SCANDALE

New York. 10 Mars.

Monsieur,

En venant vous demander ce qui est votre secret, je commencerai par être vous-même d'une entière franchise.

Je suis une jeune fille d'une honnête famille. Si j'ai des qualités, elles ne sont, en tous cas, pas plus grandes que chez la plupart des autres femmes, mais par contre, j'ai un défaut qui a pris des proportions énormes, c'est une sensibilité effrénée qui me fait satisfaire à tout prix, les obstacles m'irritent au lieu de la décourager.

et le désespoir que j'éprouve de ne pouvoir l'assouvir, confine à la folie.

Vous voyez ce que je dois souffrir quelquefois. En ce moment même je suis sous l'influence d'une idée fixe — et vous pouvez me soulager avec quelques mots.

J'ai vu une aquarelle signée de vous, représentant la galerie supérieure qui entoure le cour d'un couvent. Les moines se précipitent sur la balustrade et se penchent pour mieux voir une scène qui doit se passer en bas. Leurs visages expriment à la fois la gaité, la surprise et l'intérêt; un profil va même presque jusqu'à l'épouvante, un autre semble dire: c'est bien fait !

Enfin le vieux frère jardinier qui portait des corbeilles de fleurs, sans doute, à la chapelle, a laissé là son fardeau et, s'appuyant une une colonnette, se tord de rire littéralement en se tenant les côtes.

Que se passe-t-il donc d'extraordinaire dans cette cour ! C'est ce que je brûle de savoir.

Toutes les suppositions que mon imagination m'a suggérées; je les ai faites, mais ce ne sont que des conjectures. Je voudrais démolir cette balustrade pour plonger mes regards, je voudrais sauter par dessus. Ah! monsieur, ayez pitié de moi! Vous qui le savez, dites moi ce qui les fait rire ?

Peut-être est-ce un secret

que vous ne voulez dévoiler qu'au propriétaire de votre œuvre !

S'il en est ainsi, faites votre prix, quel qu'il soit je l'accepte d'avance. J'ai des économies, je vendrai mes bijoux, j'escompterai ma dot, mais je saurai. Je serai heureuse.

Pardonnez, monsieur, mon exaltation, traitez moi comme une pauvre malade que je suis, mais secourez-moi, je vous prie, s'il y a charité chrétienne à le faire.

Maud Thompson

Fifth avenue 350.

11

New York 29 Mars

Monsieur

Vous avez répondu à la lettre d'une
jeune fille, inventant pour satisfaire sa curiosité une histoire
qui se passe dans la cour d'un
couvent. Cela prouve votre bon-
cœur et votre naïveté. La soi-disant
jeune fille est un gentleman de mon
cercle avec lequel j'avais parié que
vous ne saviez pas vous même la
nature du scandale qui émotionne
tous les personnages de votre tableau
J'ai perdu mon pari, mais je reste
convaincu que j'avais raison.
Trop de cœur monsieur, trop de
cœur! Que Dieu patafiole les
gens qui sont si sensibles que cela!
Agréez monsieur mes salutations
distinguées
                    J. F. W. Blackwhite
        A.
Monsieur J. G. Vibert
    18 rue Ballu à Paris

12

LE COUVENT SOUS LES ARMES

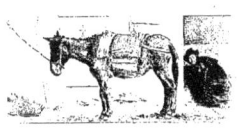

Lors de mon premier voyage en Espagne, je fis une étude dans un vieux couvent abandonné. Je travaillais sous les arcades du cloître, tandis que l'hidalgo qui d'ordinaire me servait de guide et transportait mon attirail sur le dos de son âne, dormait en quelque coin, drapé dans son manteau, toujours fier, même pendant son sommeil.

Au dehors, des plantes grimpantes s'enroulaient autour des saints de pierre ; doublant leurs couronnes et se faisant tenir par leurs mains séculaires, elles passaient, à travers les baies, des branches folles toutes chargées de fleurs. Le soleil resplendissait, et l'ombre des piliers, sur les dalles blanches, marquait l'heure qui passe.

Dans ce délicieux silence des ruines, qui nous chuchote à l'âme les souvenirs du passé, je pensais au sujet que je pourrais peindre en ce magnifique décor, j'évoquais les personnages qu'avait pu voir ce cloître vide. C'était la longue file des moines portant au caveau la dépouille d'un prieur vénéré, ou bien, revenant gaiement du réfectoire ; puis, des silhouettes sombres d'inquisiteurs, ou des frères jardiniers qui tressaient, pour la Madone, des guirlandes de lis et de roses blanches.

L'heureux paysagiste a, pour animer ses tableaux, des formules acceptées d'avance : une touche rouge y veut dire une bergère au lointain, une tache brune représente une vache, et plusieurs un troupeau. Mais le pauvre peintre de figures n'en est pas quitte à si bon marché.

Tous les jours, à la même heure, une vieille paysanne, à noble allure, venait s'asseoir sur la même pierre, à quelques pas de moi, et tricotait, impassible, jusqu'au soir. Elle était presque aveugle.

Quoique mon hidalgo ne parlât pas français, et que je comprisse fort peu l'espagnol, il était cependant parvenu à me raconter l'histoire de cette pauvre femme. C'était la gardienne du couvent. Son père, lorsqu'il vivait, étant barbier de son état et quelque peu jardinier, tonsurait les bons moines et cultivait leur potager. Il habitait une petite bicoque encastrée dans les arcades extérieures du monastère, et, depuis sa mort, sa fille était restée là, vivant de ce que lui donnaient les voyageurs. Elle était bien vieille, et les plus anciens du village disaient qu'autrefois elle avait été bien belle.

Le jour où j'eus terminé mon travail, ne la voyant pas à sa place habituelle, et, désirant lui laisser mon offrande, je priai le fier hidalgo de m'accompagner à sa demeure, où je la trouvai en train de ranger à tâtons des chiffons dans un vieux coffre.

Aussitôt qu'elle eut appris que j'allais partir, son visage prit une expression de tristesse profonde, et elle se mit à me parler avec volubilité.

Je ne comprenais rien à son patois ; tout ce que j'en pus saisir, ce fut le nom de Vibert plusieurs fois répété, ainsi que celui de Napoléon. Aussi, très intrigué de savoir comment cette femme pouvait me connaître, je priai mon guide de me servir d'interprète.

« Voilà ! dit-il. La vieille demande si vous êtes voltigeur.

— Voltigeur ?

— Oui, voltigeur de l'Empereur.... C'est que votre voix lui rappelle un militaire français, un sergent qu'elle a connu, dont elle a sauvé la vie, et qui se nommait Jean-Pierre Vibert. Il avait votre tournure, votre taille et votre voix, surtout la voix, dit-elle. C'est tout ce qu'elle peut reconnaître, avec ses faibles yeux.... Il avait promis de revenir avec Napoléon.... Elle l'attend toujours.

— Jean-Pierre Vibert, soldat de l'Empereur, sergent aux voltigeurs ? Mais c'est mon grand-père !

— Elle demande s'il vit.

— Oui, certes !

14

— Alors, elle ne veut pas de votre argent, et elle dit qu'elle mourra heureuse si vous voulez l'embrasser. »

Je commençais à être ému de cette scène étrange, et j'accédai volontiers au désir de cette pauvre femme. Je la baisai sur la joue, et je sentis sur mes lèvres couler une larme brûlante. Elle me serra un instant dans ses bras amaigris ; puis de ses mains tremblantes, fouillant dans son coffre, elle sortit une loque qu'elle mit dans les miennes, et, d'une voix étouffée par les sanglots, elle disait : « Por Pedro !... por Pedro !... »

Je pris le dépôt qu'elle me confiait. C'était la moitié d'un foulard à fleurs dont les couleurs étaient toutes passées. Elle se leva chancelante, répéta encore une fois : « Por Pedro ! » et disparut derrière la porte.

A mon retour de voyage, en montrant à mon grand-père l'étude que j'avais faite dans le vieux cloître, je lui demandai si cela ne lui rappelait rien de ses guerres d'Espagne.

« Attends donc !... me dit-il. Oui !... N'y a-t-il pas sous les arcades une boutique de barbier ?

— Si fait !

— C'est là ! Je me souviens !... Les satanés moines, sortant en foule comme des rats de tous les trous de leur couvent, qu'on croyait absolument désert, sont tombés sur notre escouade isolée, et nous avons été tortillés en un tour de main.

« A la nuit, le barbier et sa fille, après avoir aidé les moines à transporter leurs morts et leurs blessés dans l'intérieur du monastère, m'ont trouvé encore vivant au milieu d'un tas de cadavres. J'étais évanoui et couvert de blessures. Ils m'ont caché, soigné, guéri. Braves gens ! je leur dois la vie, petit, et toi aussi, par conséquent.

« Ce n'était pas tout d'être remis sur pied, continua mon grand-père ; il fallait s'évader. Je l'aurais bien tenté ; mais mes hôtes me firent comprendre qu'il y avait des paysans armés en sentinelle aux alentours, que si j'étais pris on les fusillerait tous les deux avec moi, pour avoir essayé de sauver un Français.

« Ah ! messieurs les capucins ne plaisantaient pas ! Du reste, en ces temps-là, on ne plaisantait nulle part.

« Je dus donc rester dans mon obscur réduit, en attendant les événements.

« Après le couvre-feu sonné, mon excellent geôlier venait me visiter, avec son aimable fille, qui avait entrepris de m'apprendre l'espagnol, pour faciliter ma fuite plus tard, disait-elle. Afin d'éviter le bruit et la lumière, qui eussent pu nous trahir, elle me dictait tout bas à l'oreille, tandis que, assis par terre devant elle, j'écrivais sur mes genoux à la lueur d'une petite lanterne cachée sous sa mantille.

— Mais dites donc, grand-père, interrompis-je, on ne s'ennuyait pas, en votre captivité !

16

— Oui, le soir, je ne dis pas. Mais tout le long des jours, où l'on pense aux camarades, à la France !... Non, vois-tu, petit, l'amour ne va pas aux prisons.... Les oiseaux ne font pas de nids dans les cages !

« J'avais cependant une grande distraction, à l'heure où les moines faisaient l'exercice. Par un tout petit trou entre deux pierres du mur de ma cellule, je voyais le cloître, presque de la place où tu l'as peint. Je t'assure que le spectacle en valait la peine.

« En rang, de front sur une seule file, des grands, des courts, des gros, des minces, armés d'une quincaillerie grotesque : toute une série de dons Quichottes et de Sanchos Pansas. En serre-file, un sergent, les pieds nus dans des espadrilles, coiffé d'un shako énorme, un vrai baquet ! Et le capitaine : un ballon à pattes, fier comme Artaban, avec son habit vert pomme et son chapeau en colonne !

17

« C'étaient cependant ces gens-là, ridiculement accoutrés comme des singes qui auraient dévalisé une caserne, qui nous avaient si bien démolis !

« Il est vrai qu'ils tapaient dur. Et puis, est toujours bon soldat qui défend son pays.

« Pourtant, un jour, à l'entrée de l'hiver, nos troupes envahissant de nouveau la province, moines, paysans, sentinelles disparurent sans tambour ni trompette.

« Et moi, je revis mon drapeau.

« Tiens ! tu devrais peindre, dans ton tableau, cette scène d'un couvent sous les armes. Je t'aiderai de mes souvenirs pour portraicturer les frocards. Je les vois comme si j'y étais. J'ai même tant de fois entendu faire l'appel, que j'ai presque tous leurs noms encore dans la mémoire. Mais, au fait, puisque tu en viens, tu as dû les voir ?... le père Anselme, avec sa barbe de bouc ?... et frère Eusebio, un petit trapu qui avait des mains comme des pinces de homard ?... Tiens, voilà sa trace, à Eusebio. »

Et grand-père, écartant de son front les mèches argentées, me montrait une profonde cicatrice.

« De l'autre côté, ici, c'est le père Anselme. Ce sont les premiers qui m'ont frappé, et j'ai la signature des autres tout autour de la tête.

— Mais, repris-je, cher grand-père, il y a longtemps qu'il n'y a plus de moines là-bas.

— Ah !... Et le barbier ?

— Il est mort ; mais sa fille existe encore.

— Carmen ?... Tu l'as vue ?... Une bien belle femme, hein ?

— Hélas ! grand-père.

— Oui, c'est juste.... Elle t'a parlé de moi ?

— Elle m'a même remis quelque chose pour Pedro. »

18

Et je tirai de ma poche le demi-foulard que m'avait confié la pauvre vieille.

Alors, allant à sa commode, silencieusement, grand-père en tira l'autre partie, dont les fleurs se raccordaient parfaitement ; seulement, sa moitié, à lui, était encore presque neuve.

« Et, continuai-je, Pedro avait promis de revenir.... avec Napoléon....

— C'est vrai.... Napoléon n'a pas voulu !... »

Puis, nouant ensemble les deux morceaux du foulard, grand-père leva les yeux au ciel et dit :

« Là-haut ! »

Grand-père avait le langage laconique, quand il était ému.

JEAN PIERRE VIBERT
Horticulteur,
ex-sergent aux Voltigeurs.

L'ORDINAIRE DU COUVENT

Un jour, Monseigneur tomba à l'improviste dans un couvent perdu au fond des grèves désolées des Côtes-du-Nord, antique construction de granit bâtie sur un roc de granit, au milieu d'un éboulis fantastique de rochers, tantôt épars çà et là, sur le sable, tantôt amoncelés, culbutés les uns sur les autres et superposés en équilibre, comme les assises disloquées de murs cyclopéens subitement effondrés, comme les derniers vestiges d'une ville de Titans qu'auraient engloutie les abîmes sous-marins.

Monseigneur aimait assez, quand il était en voyage d'inspection diocésaine, surprendre ainsi son monde par une apparition subite. Peut-être était-ce pour mieux se rendre compte des abus, qui ne se produisent jamais devant l'autorité quand celle-ci a laissé pressentir son arrivée.

En entretenant ses subordonnés sur un perpétuel qui-vive, pensait-il rétablir la

20

discipline, qui a toujours tendance à se relâcher ? Peut-être
aussi n'était-ce qu'un restant d'habitude militaire; car, en sa lointaine jeunesse, il avait été garde
du corps de Sa Majesté. On dit
même qu'à cette époque, il rele-
vait plutôt de messire le Diable
que de Sa Sainteté le Pape ; mais
on dit tant de choses ! En tout
cas, il devait y avoir bien longtemps qu'il avait répudié Belzébuth, si tant est qu'il l'eût jamais
connu.

Cependant Belzébuth, lui, n'a-
vait pas entièrement abandonné
le brillant militaire devenu prélat,

et il le suivait souvent dans ses tournées pastorales, montant derrière la berline sous les traits d'un larbin, ou caché n'importe où, dans la botte du postillon aussi bien que dans le fourreau d'un parapluie ; car on sait que ledit Satan a le pouvoir de se transformer et de rester invisible dans tout objet que bon lui semble.

C'est ainsi qu'accompagnant son cardinal sans que celui-ci s'en doutât, il récoltait pour son propre compte force petits péchés, en visitant les presbytères, abbayes, couvents et prieurés.

Quoi qu'il en soit, et pour revenir à notre histoire, le révérend père supérieur du couvent, après avoir subi la visite domiciliaire la plus rigoureuse, depuis la chapelle jusqu'à la dernière cellule, et reçu son contingent d'observations, voire même de réprimandes, conduisit Monseigneur dans un coin du cloître aménagé à la hâte pour que Sa Grandeur pût y dîner, devant la vue magnifique des grèves qui s'étendent jusqu'à l'horizon.

Le couvert était mis sur une petite table à pieds torses entourée d'un paravent garantissant des courants d'air, et, comme complément de décoration, au milieu de l'arcade en face, un grand vase de faïence, jaune citron, contenant un lis de Chine, composé d'un tuteur le long duquel monte une grande arête verte, couronnée au sommet de trois fleurs de nuance orangée intense, encore exaltée par le contraste du bleu profond du ciel.

Cette plante, d'aspect gothique, avait été apportée par un pèlerin pour orner l'autel de Saint-Benoît.

22

Le temps était splendide, et le soleil pénétrait par toutes les baies garnies de vigne et de lauriers roses, éclairant de reflets dorés les piliers de granit, dont il dessinait les ombres sur le sol, avec la précision d'un architecte.

En somme, toute cette petite installation naïve devant l'immensité sauvage était charmante, et Monseigneur parut satisfait. Pour la première fois de la journée, il eut même un mot aimable à l'adresse du prieur, qui le débarrassait de son manteau, de son chapeau et de son ombrelle.

Ce prieur était, lui aussi, un ancien soldat, mais un vrai, ayant fait la guerre. Son naturel loyal, franc et, il faut l'avouer, un tantinet batailleur s'arrangeait mal des tracasseries méticuleuses de son chef.

Or, depuis le matin qu'il supportait sans murmurer toutes ses chicanes, il en avait pris un peu d'humeur.

Peut-être aussi, seigneur Satan, dont nous pouvons supposer la présence, lui souffla-t-il une mauvaise pensée ; car il y avait bien de la malice dans le petit œil bleu du bon père quand il dit :

« Monseigneur, nous avons pu trouver ces vieux meubles dans notre sacristie et emprunter à saint Benoît son pot de fleurs ; mais, pour la nourriture, nous ne pouvons vous offrir que l'ordinaire du couvent. C'est jour maigre, et vous n'étiez pas attendu. »

Monseigneur jeta un regard sur cet ordinaire : c'était du pain bis, un radis noir, du fromage, du sel et de la moutarde. Il était pincé. Rien à dire.

Un imperceptible sourire frissonna dans l'épaisseur de la barbe blanche, et, chose étrange, la queue du radis noir sembla tressaillir et s'agita légèrement. Était-ce miracle, sortilège, ou bien plutôt, le démon, lui-même, ne s'était-il pas introduit dans ce radis ? C'était, ma foi, fort possible, puisque l'on sait qu'il est coutumier de ce genre de métamorphoses.

Le prélat, faisant contre fortune bon cœur, entama cette racine ; mais à peine l'eut-il goûtée, qu'il s'écria :

« Quelle horreur ! quelle amertume ! Le diable lui-même serait là dedans, que cela n'aurait pas plus mauvais goût ! Vite, à boire ! J'ai l'enfer dans la gorge ! »

La queue du radis frétillait.

Le bon prieur, qui se tenait respectueusement debout, un pichet de grès à la main, lui versa un verre d'un petit reginglet dont la couleur seule donnait à penser.

II. — d

Mais, quand Monseigneur eut trempé ses lèvres, son visage se contracta, ses doigts s'agrippèrent au bord de la table, et perdant tout sang-froid :

« Ventrebleu ! s'écria-t-il, vous ne me ferez jamais accroire que vous buvez de ce vin-là journellement et que vous n'en avez pas d'autre caché quelque part. »

Le bon prieur répondit : « Nous n'en avons pas d'autre ! »

La queue du radis se tordait, et, en cet instant, Satan enregistra du coup un petit juron, un accès de colère et un gros mensonge.

LIVRE DOUZIÈME

AU SIÈCLE DERNIER

PAGES D'ALBUM

MONSEIGNEUR EN VISITE

LE BAIN DES DAMES

L'ATELIER DES ÉLÈVES

PAGES D'ALBUM

Il y a bien des sortes d'albums : ceux qui sont remplis de photographies ; personnages célèbres, points de vue célèbres, monuments célèbres, ou portraits de famille et d'amis ; groupes de noces, de chasseurs, de bal masqué, de corporations en cortèges, avec bannières ; vues de cottages, villas, chaumières, pavillons, etc., tout ce qui se rattache aux souvenirs personnels. Il y a aussi les grands albums dorés sur tranche, renfermés dans un étui de maroquin que l'on vous ouvre le soir après dîner avec prière d'y mettre un autographe, deux mesures de musique, une pensée philosophique, quelques vers, un croquis, la moindre chose. C'est toujours bête ou prétentieux, à moins d'emporter le livre chez soi et de prendre quinze jours pour faire son impromptu, et encore ! Dans ce genre d'albums de collectionneurs, il faut compter aussi tous ceux dans lesquels des amateurs fantaisistes accumulent des choses qui n'intéressent que ceux qui ont la même turlutaine, comme, par exemple, les timbres-poste, les mèches de cheveux historiques avec leurs pièces d'authenticité, etc., etc. ; ce genre est inépuisable. Mais il est une autre espèce d'album de poche, calepin, mémento, portefeuille, que l'on a toujours sur soi, à la ville, à la campagne, en voyage, et sur lesquels on inscrit ses dépenses, on écrit ses impressions, on dessine ce qu'on voit et ce qu'on rêve. C'est le journal de la vie à tous les temps : présent, conditionnel, futur et futur passé.

Quand on range dans le tiroir cet album, au bout de l'année, c'est un petit volume d'actualité intense ; mais, hélas ! quand on le retrouve un quart de siècle plus tard, que c'est vieux, suranné, démodé ! Comment ! on a vu ça de ses yeux ? on a pensé cela ? on a songé à de pareilles choses ? Parbleu ! on sait bien que la mode change en vingt-cinq ans ; cependant, on n'aurait jamais cru que ce fût à ce point-là. Ces souvenirs sont les vôtres, on sait qu'ils sont sincères, on les a vécus, et l'on ne se reconnaît pas soi-même !

Certainement, Frédégonde, la reine Clotilde, ne sont pas de notre temps ; néanmoins, quand on voit leurs images, cela ne semble pas ridicule.

Catherine de Médicis a grand air dans sa fraise empesée.

28

Les femmes du dix-huitième siècle, malgré leurs paniers et leurs coiffures fantastiques, ont de la grâce et de la jeunesse.

L'Empire même, avec son style rigide, offre de l'intérêt.

La Restauration, ça devient déjà moins acceptable : les manches à gigot, les capotes ! Louis-Philippe, les Gavarni : on commence à rire, mais c'est encore curieux.

Enfin, Napoléon III, les crinolines ! Alors, c'est l'effondrement. Ça n'est pas possible. Il n'est pas une femme qui aurait osé porter cela ! Et c'est pourtant vrai, absolument vrai ; tout ce qui se trouve dans ces petits carnets de poche a existé. Et ce qu'il y a de plus fort, c'est qu'on trouvait ça joli !

Après ce préambule nécessaire pour expliquer les bizarreries d'une époque qui semble déjà plus loin de nous que Charlemagne, détachons quelques pages de ces albums de la fin du siècle dernier.

Étretat, 1867. — Du modeste hameau découvert par Alphonse Karr et qu'illustrèrent ensuite les peintres Isabey et Lepoittevin, il reste encore quelques chaumières à moitié enfouies dans la terre, dont les toits de chaume moussus, aux crêtes fleuries, descendent jusqu'au ras du sol. Sur la plage, quelques barques échouées, de gros cabestans de bois grossièrement équarri et de vieux bateaux démâtés nommés caloges, qui servent de magasins et sur les flancs desquels sèchent des filets, des loques et de grandes bottes.

Les femmes, jambes nues, sont habillées de façon plutôt bizarre que coquette : tricots de laine et jupons rouges rapiécés comme habit d'arlequin, avec, sur la tête, le bonnet de coton blanc.

Des troupeaux de marmaille grouillent en costume national, composé d'une simple culotte, chemise passant, retenue par une seule bretelle de liséré, tignasses frisées dans lesquelles il y a de tout : herbe, paille, copeaux.

Les hommes, vêtus de toile cirée, ont l'air de statues de bronze.

Depuis, la petite plage normande est devenue à la mode. Indépendamment des baigneurs qui la fréquentent, de nombreux voyageurs la visitent ;

on y vient voir les grandes marées, qui, lorsque le vent souffle en tempête, offrent un spectacle vraiment magnifique.

Le casino, primitivement composé d'un unique salon, s'est agrandi peu à peu ; la colonie d'artistes propriétaires s'est augmentée dans des proportions étonnantes ; quelques années après la guerre, c'est un séjour vraiment enchanteur.

Alors commence l'envahissement des barbares : bals, concerts, ventes de charité, quêtes sur la plage.... Il va bientôt falloir s'enfuir, il y a trop de monde !

C'est pénible de voir tant d'indifférents piétiner dans les souvenirs de jeunesse que l'on garde au cœur avec une si jalouse piété.

21 octobre 1870. — Un souvenir qui fait encore chaud dans le cœur des vieux, ces quelques mois où, déguisé en militaire, on y allait tout de même de sa peau pour une idée noble et généreuse.... la défense de la patrie !...

L'ivresse rose. — Heureusement que l'on peut fermer les rideaux !

Un tyran de domestique. — Oh ! le vilain laid ! si Mme la marquise savait ce que vous avez fait !

Château de X..., 1881. — Un théâtre est construit dans la serre ; les menuisiers, les tapissiers travaillent encore, que l'on répète déjà ; tout le monde s'y met. Sur la scène, Mme la comtesse dirige les chœurs ; le brigadier de gendarmerie donne une leçon d'escrime à Mlle ***, en galant travesti de Gentil Bernard ; le chef d'orchestre se dispute avec le souffleur, ce qui n'empêche pas les musiciens de continuer à jouer, si ce n'est ensemble, du moins en même temps. Le docteur tient la contrebasse ; le substitut, le violoncelle ; le petit vicomte s'est amené une chaise longue en bambou, avec une chope de bière à sa portée. C'est fatigant et altérant, le cornet à pistons ! Au piano, le général et petite miss Adams.

On a fait venir de Paris des décorateurs de profession pour faire le gros ouvrage ; mais c'est l'amiral qui peint les roses, avec des gants ; il a un chic tout spécial pour cela : un seul coup de pinceau en spirale, et ça y est. Le sous-préfet surveille et donne des retouches par-ci par-là ; il s'est organisé un costume d'artiste délicieux : veste de flanelle blanche, grand gilet breton, gros bleu, à double rang de boutons de métal et broderies sur la poitrine. Avec son petit seau à la main et de grosses brosses entre les doigts, il est vraiment couleur locale.

Il arrive des visiteurs : une amazone, un officier de cavalerie, une femme char-

32

mante et son ravissant bébé qui traîne un cerceau et renverse le pot de jaune de chrome, en plein ciel, car c'est sur une toile qui représente une vue de Venise que tous ces gens-là piétinent sans s'en douter.

Dans un coin, où sont empilés en barricades les chaises couvertes de housses, M. l'abbé, accompagné de son jeune élève, M. le duc, se faufile discrètement et risque un œil.

Plusieurs jours après, je suis installé au bord d'une mare sous bois, toute couverte de nénuphars et de roseaux, retraite délicieuse et motif ravissant à peindre. Au milieu de la séance survient M. le duc avec encore un prêtre, mais pas le même, le sous-abbé sans doute, portant panier, parasol, paletot, pliant, boîte d'herboriste, filets à papillons, son bréviaire et... un vaisseau toutes voiles déployées.

On met à l'eau le petit navire et l'on attend la brise.

Le sous-abbé est d'une patience angélique ; il ne bouge pas : il est à portraicturer.

A la fin de la séance, la brise n'est pas encore venue. On pourrait chanter :

> Il était un petit navire
> Qui n'avait jamais navigué.

33

Une autre rencontre, dans le jardin du curé : encore un motif bien amusant. Allées bordées de buis, salades, grandes cloches de verre, potirons, bouillon blanc, artichauts, légumes et fleurs : dahlias, marguerites, et, au-dessus de tout, les grands soleils jaunes à bords dentelés. Le bon pasteur, avec sa vieille soutane de fatigue à tons mordorés, verdâtre sur les épaules, sa vieille calotte luisante comme du cuir, son grand tablier bleu, ses sabots garnis de peau de lapin et sa petite botte d'osier attachée sur la hanche comme un sabre, circulait dans son domaine quand arriva la comtesse, celle qui menait si bien les chœurs l'autre jour (voyez comme il est utile de mettre l'orthographe). Elle avait l'air bien contrit, et, n'ayant pas d'autre siège, se laissa tomber assise sur le tonneau d'arrosage.

Le bon curé savait sans doute ce que cela voulait dire ; ayant pris les petits doigts roses sortant de la mitaine entre ses grosses mains calleuses pleines de terre, il les tapotait tranquillement et sa bonne tête avait l'air de dire : « Ça ne sera rien ; nous en avons vu bien d'autres ! »

34

Ici se place un cas de conscience. Le peintre, autorisé par le curé à travailler dans le potager, mais dissimulé derrière des groseilliers et n'ayant pas bougé depuis plusieurs heures, peut penser qu'on a oublié sa présence ou qu'on le croit parti. Doit-il se montrer ? doit-il se tenir coi ? Il n'a encore rien entendu ; cependant, l'expression de la visiteuse, la mimique du bon pasteur, tout cela vous a un petit air de brebis égarée qu'il serait peut-être convenable de ne pas avoir vu. Oui, mais si ces petits gémissements étouffés se changent en paroles, si cette conscience si troublée commence une confession ?... Il faudra entendre jusqu'au bout !... Il est certain qu'on garderait le secret. Oui, mais....

Heureusement, ils sont rentrés au presbytère sans avoir rien dit !

Tout naît, meurt et revient. Effeuillez-vous, les roses,
Car vous refleurirez après les durs frimas.
Mais la gloire et l'amour, comme tant d'autres choses,
Ceux qui n'ont pas d'enfants ne les reverront pas.

Ils en ont tous mangé, de leurs bonnes choucroûtes,
Et l'ange du sommeil a plané sous les voûtes.
Mais, si pendant le prêche on ronfle à l'unisson,
Le ciel sait bien que c'est la faute au saucisson.

Cependant, en dehors, ces deux enfants de chœur qui luttent,
les quatre fers en l'air, en plein champ du repos, ont-ils une
excuse ? C'est vrai que c'est pour du pain bénit. Le ciel y verra
peut-être plutôt un peu de colère et de gourmandise.

MONSEIGNEUR EN VISITE

Ma chère tante,

Enfin, j'ai eu hier Monseigneur en visite à mon *five o'clock* privé.

Quel triomphe pour moi! Je ne serai donc plus la petite tête de linotte, la petite frivole que le monde se plaît à croire que je suis, puisque l'on m'a trouvée apte à recevoir un tel honneur. Car vous savez qu'en province une pareille visite a d'autant plus d'importance, qu'avant de la faire elle a été discutée et approuvée en haut lieu.

J'ai tâché de m'en rendre digne, pour le nom que je porte, pour ma famille, pour vous, ma tante, qui avez été mon mentor. Je me suis excusée de ma toilette, car j'étais en déshabillé, sans cependant faire valoir l'excuse naturelle que j'en avais, pensant que c'était plus convenable. Je me suis tenue dans une réserve discrète, dissimulant la grande émotion qui m'agitait, mais la laissant néanmoins deviner.

Je n'ose dire que j'ai réussi comme vous l'auriez pu faire avec votre expérience ; cependant, je crois que cette première impression n'a pas été mauvaise.

Du reste, j'ai eu la chance inouïe que la petite comtesse de B..., que vous connaissez de nom, nous est arrivée en tiers et m'a servi de repoussoir, moral, bien entendu. Je ne serai pas assez méchante pour vous parler de son physique, puisqu'elle a le bonheur que vous l'ignoriez. Elle a été odieuse ! D'abord, elle était fagotée !... Oh ! à la dernière mode évidemment, ses moyens le lui permettent, mais enfin comme toutes les provinciales qui envoient leurs commandes à Paris et qu'on habille par la poste ! Et puis, c'est toujours la même chose ; toutes les femmes qui n'ont qu'une jolie taille et de beaux cheveux, il faut bien qu'on les montre ; alors, tout de suite, les nattes dans le dos et le corsage cuirasse !

Je pense bien que notre noble visiteur ne s'est pas occupé de ces détails ; mais il a dû s'apercevoir du reste. Quelle tenue ! Pour la femme d'un diplomate qui prétend avoir figuré dans les ambassades, elle a de jolies manières ! et les étrangers ont dû avoir une fameuse opinion de nous ! Pauvre France !

Elle n'a cessé de gesticuler, se levant, changeant de siège, offrant du thé, des gâteaux. On l'aurait crue chez elle, parole d'honneur ! Et quel bavardage ! Monseigneur parlant de ses missions, elle a sorti tous ses livres de classe : théologie, histoire, géographie. C'est un atlas que cette femme-là, avec cette différence qu'Atlas supportait le monde et que le monde ne la supporterait pas. Qu'est-ce que prouve toute cette science ? Une excellente mémoire, parce qu'il doit y avoir longtemps qu'elle a appris tout cela. Et des questions saugrenues ! Voyez-vous une femme demandant à ce digne ecclésiastique s'il n'a jamais regretté, dans ses solitudes, d'être privé de conversation ?...

Elle s'est du reste attiré cette réponse, qu'elle n'a pas comprise, naturellement : « Jamais, madame ! et aujourd'hui j'y retournerais de grand cœur ! »

Au fond, elle enrageait, et elle est partie dépitée. Je dois dire qu'elle a eu au moins le bon goût de ne pas faire d'invitation à Monseigneur devant moi, car elle lui en fera. Peut-être aussi craignit-elle de me faire la joie de la lui voir refuser. Mais je vous ennuie de toutes ces sornettes et je ne vous parle pas de lui.

Figurez-vous un homme de grande allure, de mâle fierté, de haute bravoure, avec une tête de César et une âme d'apôtre. Ses récits de voyages m'ont intéressée au dernier point. Quand vous le connaîtrez, vous partagerez mon admiration !...

. . . .

Ma chère nièce,

Tout ce que tu m'as écrit de ta petite gêneuse de comtesse m'a fort divertie ; mais ce n'est pas seulement en province que l'on trouve de ces types-là. J'en ai une aussi, que tu connais pour l'avoir trop vue partout, la princesse polonaise, avec aussi, tignasse dans le cou, corsage cuirasse et fourrures éternelles en plein été ; je m'étonne qu'elle quitte même ses patins. Voilà ce qu'elle m'a fait l'autre jour.

Tu sais que Son Éminence le nonce vient quelquefois faire avec moi sa partie de cartes et qu'il est furieux quand il perd. Je flatte donc cette petite manie, bien excusable à son âge, en m'arrangeant pour le laisser toujours gagner. Mais encore faut-il le faire adroitement, et surtout ne pas livrer ce petit secret aux commérages des bonnes amies.

Or donc, ce jour-là, la Pologne assistant à notre bataille, nous étions manche à manche et je m'apprêtais à livrer la belle à mon partenaire, déjà d'assez mauvaise humeur ; mais cette gale de Varsoviana, qui, j'en suis sûre, se doutait de quelque chose, s'était installée derrière moi, faisant semblant de s'intéresser à mon jeu, et je fus forcée de gagner malgré moi ; j'avais une veine outrageante. Son Éminence en fut si fort affligée, qu'elle n'est pas revenue de la semaine. Ah ! si jamais on repartage la Pologne, j'abandonne volontiers ma part !

Mais parlons de toi. Tu me donnes le titre de Mentor ! Il me semble que je ne mérite ni cet excès d'honneur, ni cet excès d'années ! Cependant, puisque ma sagesse et mon âge te paraissent dignes de ce grave personnage, je vais en remplir les fonctions.

Ce sage précepteur n'avait pas seulement la mission de donner des conseils à son élève, il avait aussi le soin de mettre de l'eau dans son vin.

Ne t'imagine pas que tu vas avoir un salon politique ; tu n'es plus assez jeune pour ne rien comprendre, ni assez vieille pour ne rien entendre de ce qu'on dirait devant toi. La confiance ne s'improvise pas ; il faut avoir donné des gages, et il ne suffit pas de meubler son salon identiquement comme celui de sa tante (ce dont mon goût ne peut être que très flatté), pour que ce salon se remplisse des mêmes personnages.

Ceci est un peu d'eau dans ton vin !

Maintenant, un conseil : je te dirai qu'une femme ne doit jamais s'excuser de sa

40

toilette, à moins d'être surprise, ce qui n'est pas le cas quand on attend des visites ; ce serait avouer qu'elle peut recevoir quelqu'un dans une mise qu'elle-même ne trouve pas décente, ou, tout au moins, convenable.

Et, pour finir, encore un peu d'eau, à propos de ton monseigneur. Lors de son dernier passage à Paris, désirant beaucoup être présenté à Son Éminence le nonce, et sachant que celui-ci venait fréquemment chez moi, il m'a fait une visite, intéressée je le reconnais. Or, dans le courant de la conversation, j'appris qu'il allait devenir l'évêque de ton diocèse, et c'est moi qui lui ai conseillé d'aller te voir, mais sans lui dire que j'étais ta tante, pour qu'il ne te fît pas ce plaisir uniquement par reconnaissance du petit service que je pouvais lui rendre, en le faisant se rencontrer avec Son Éminence.

J'ai donc vu le bel homme de grande allure, à la tête de César, à l'âme d'apôtre, et je dois dire que le sage Mentor, que l'âge a sans doute refroidi, l'a jugé plus petit garçon que l'enthousiaste Télémaque n'a l'air de l'avoir trouvé....

41

LE BAIN DES DAMES

C'est une grande salle se terminant par trois arcades ouvertes sur une piscine ensoleillée dans laquelle on descend par l'arcade du milieu. Sur le sol, des tapis d'Orient, des coussins, des palmiers dans des vases de bronze. Les baigneuses nagent dans le bassin, au milieu de petits canards exotiques ; se reposent nonchalamment couchées, enveloppées de robes japonaises ; prennent le thé, bavardent, s'occupent des enfants.

Une fontaine, alimentant la pièce d'eau, ronronne un petit clapotis monotone. De suaves parfums, une douce fraîcheur font de ce lieu tranquille, un séjour enchanteur où l'on aimerait à vivre. Oui, mais personne n'y pénètre, comme on le pense bien ; et si jamais on pouvait l'entrevoir, ce ne serait que de très haut, par le toit. Encore faudrait-il qu'un diable boiteux vînt l'entr'ouvrir, car il n'est percé d'aucune lucarne.

42

Comme un moine sous sa cagoule
Sous le toit de ce bâtiment
Un secret se cache à la foule
— Est-ce un harem ? Est-ce un couvent ?

Quand sur ses gonds la porte roule
Parfois... pour un furtif moment
Le murmure d'une eau qui coule
Est tout ce qu'emporte le vent.

Les ramiers et les hirondelles
Qui demeurent dans les tourelles
N'ont jamais rien dit du secret.

Si je le dénonce en peinture
C'est qu'en réparant la toiture
Un des couvreurs fut indiscret.

J. G. Vibert.

43

L'ATELIER DES ÉLÈVES

Les nécessités de leur travail forcent les artistes peintres à tenir porte close, malgré le grand plaisir qu'ils auraient quelquefois à l'ouvrir ; aussi n'est-il pas toujours facile de visiter leur atelier, même avec les meilleures recommandations. Ne serait-ce pas la seule difficulté de ces visites qui les font si désirées, et sont-elles vraiment autrement attrayantes ? Nous ne le saurions dire. Mais, sûrement, bien des admirateurs, surtout des admiratrices, revenus désillusionnés de ces petits voyages

dans les sanctuaires, ont dû regretter d'avoir vu leur idole de trop près. En tout cas, que l'on sorte du temple plus ou moins fervent que lorsqu'on y est entré, on n'y court pas d'autre danger.

Il n'en serait pas de même s'il s'agissait d'un atelier d'élèves.

Là, on peut pénétrer sous le plus futile prétexte ; mais, si intrépide que vous soyez, eussiez-vous la force d'Hercule, la parole du tribun qui domine les foules, le regard impérieux qui fascine les fauves, il ne serait pas prudent d'y aller seul, d'autant moins que toute tentative d'intimidation de votre part ne ferait qu'aggraver votre position.

Est-ce à dire qu'il faille revêtir une cotte de mailles ou se faire escorter de gens armés ? Va-t-on se trouver en face de sauvages anthropophages, d'ogres ou de vampires qui s'enivrent de sang humain ?

Est-ce repaire de brigands, spadassins, voleurs à la tire, bonneteurs et autres fripouilles ? Non !

L'on n'a jamais ouï dire que quiconque y ait été mangé, molesté ou filouté.

Qu'y a-t-il donc alors de si terrible ?

Il y a... il y a... que... le dompteur, en bras de chemise ou en grand costume tout chamarré d'or, entre parfois seul dans la cage aux lions, mais que jamais personne ne s'est hasardé dans la cage aux singes, quand ils y sont en grand nombre ; que, si quelqu'un l'osait faire, il serait houspillé de la belle façon, et que ce quelqu'un, fût-il prince, pape ou roi, et revêtu de tous les emblèmes de la puissance, serait d'autant plus vite déplumé qu'il serait plus empanaché. Voilà pourquoi, si vous tenez à visiter l'antre des élèves, il faut prier leur professeur de vous y accompagner. C'est la seule autorité qui ait jamais pu s'y faire respecter.

Dans l'obscurité du long corridor qui conduit à l'atelier, on est guidé par une odeur âcre faite de tabac, d'huile et de térébenthine, parfum *sui generis* aussi agréable au peintre qu'est aux fidèles l'encens des cathédrales.

A mesure qu'on avance, c'est un bruit confus qui bientôt devient un vacarme indéfinissable, comme des clameurs lointaines sur un rythme de valse en sourdine, que traversent des vociférations stridentes et des cris d'animaux.

Soudain, la porte s'ouvre, et à ce tapage infernal, qu'on entendait dans l'ombre, succède, avec la grande lumière, le plus profond silence.

Dans la nuit noire que font les obscures profondeurs d'un lieu inconnu, les réflecteurs de deux grosses lampes suspendues surgissent comme deux lunes jumelles autour desquelles un nuage de fumée bleuâtre, mollement, circule en spirales vaporeuses. Au-dessous, d'autres lumières placées sans aucune symétrie, pour la commodité de chacun entre-croisent leurs rayons plus ou moins vifs, selon qu'ils tamisent à travers l'épaisseur des abat-jour ou qu'ils s'en échappent par les échancrures qu'y

45

46

ont faites des ciseaux fantaisistes. Ces rayons, capricieusement dispersés, se répandent de-ci de-là, se faufilant dans le zigzag des ombres, longeant le bord d'une table, lisérant l'épaisseur d'un papier ; tantôt pulvérisés, ils sèment leurs diamants sur les facettes des cristaux ; reluisent sur le parquet mouillé ; allument des étincelles au bouton d'un habit, à l'ardillon d'une boucle, au ventre d'une faïence ; tantôt ils se réunissent fulgurants pour rejaillir en larges éclats métalliques ; tantôt encore ils s'étalent paresseusement, caressant de lueurs irisées les surfaces polies, puis s'en vont, dans la pénombre, éclairer d'un reflet mourant le profil d'une cariatide à face de satyre, et enfin s'éteindre sur des formes indécises qu'ils laissent ignorées.

Parfois, dans tout cela, au mouvement d'une main, passent, comme un météore, le scintillement d'un bijou, le luisant d'un outil, et, à l'oscillement d'une tête, des lunettes brillent et disparaissent comme un phare tournant.

Devant ce grouillement de lumière, l'œil finit par s'inquiéter d'une silhouette sombre et immobile qui se trouve au premier plan. Ne nous en préoccupons pas : c'est le modèle. Traversons plutôt, protégés par notre guide, et passons de l'autre côté de l'atelier.

Ici, la scène change complètement d'aspect. De toutes les lumières nous n'en voyons plus une, et les élèves aux faces rutilantes, de tout à l'heure, ne sont plus que des silhouettes noires. Il ne reste d'éclairé que la triple rangée des chevalets et des cartons supportant les études ; ainsi que le modèle, qui, maintenant, apparaît resplendissant dans son galant costume de garde-française. Toujours immobile, il continue à fumer à blanc dans sa pipe neuve sans tabac, et, de toute la hauteur de la table sur laquelle il est juché, il domine un peuple de tableaux sur lesquels son image aplatie est vingt fois répétée.

De l'autre côté, c'était la vie ; nous y avons vu l'artiste illuminé, plein d'ardeur, les yeux fixés sur son idéal (n'allez pas croire que nous considériors le militaire à la pipe comme l'idéal ; ce n'est qu'une métaphore). De ce côté-ci, l'artiste n'est plus, et son œuvre seule reste en face de la postérité, qui juge.

Si la postérité doit ignorer jusqu'aux noms de beaucoup de ceux que leurs contemporains croient immortels, combien plus triste encore est le sort des malheureux qui, de leur vivant, gémissent dans les limbes de l'oubli ! ils auront poursuivi la gloire, sans l'avoir même jamais entrevue !

Hélas ! pauvres élèves, vous avez pourtant tous, au début, les mêmes espérances !

LIVRE TREIZIÈME

SCÈNES ESPAGNOLES

La Ceinture du Grand-Papa

Que de choses tournent dans
l'univers ! La Terre d'abord
(depuis Galilée), la Lune et
les planètes. Peut-être aussi
des milliards d'étoiles et le
Soleil lui-même tournent-ils
sans qu'on le sache. Mais ne
nous perdons pas dans l'espace. Regardons simplement

notre globe. Ce ne sont partout que roues, turbines,
boules, cylindres, manivelles,
hélices, engrenages, girouettes,
moulins, tournant sur le sol,
dans l'air et dans l'eau. Sans
compter le lait, les valseurs,
les personnages politiques, la
chance et les derviches, qui
tournent ; la loi, qu'on tourne ;
les affaires et les jeunes gens,
qui tournent mal ; tout ce
qu'on détourne : les mineurs,
les rivières, l'argent confié, et
tout ce qu'on retourne : le roi,
le fumier, le poignard dans le
cœur, etc. Puis les mots tournesol, tourne-bride,
tourne-broche, tournevis, tour-
niquet, tourne-dos, tourne-
vent. Le sage tourne sept fois
sa langue avant de parler. Le
timide tourne autour du pot.
L'ennemi vaincu tourne casaque. L'orateur maladroit
tourne dans un cercle vicieux.
Enfin, l'ivrogne voit tout tour-
ner autour de lui. Voyez maintenant cette petite scène intime. Rien que dans ce petit
coin du monde qu'est une cour
espagnole, l'escalier qui commence en pierre et finit en

bois, tourne deux fois pour gagner la balustrade, tournant au pourtour de la galerie supérieure. Les vieux ceps de vigne, comme des serpents, tournent autour des colonnes et s'enroulent aux flancs des cariatides. Le grand-papa, pour mettre sa ceinture, tourne sur lui-même, dressé sur la pointe des pieds, tel qu'un cheval de trait s'apprêtant à partir. Il y a encore quelque chose qui tourne plus que tout le reste : c'est la tête d'un pauvre jeune homme. On peut même dire qu'elle est tout à fait tournée.

Pendant un demi-tour, grand-papa contemple les enfants, qui rougissent et ne parlent pas. Pendant l'autre demi-tour, grand-papa ne les voit plus, mais il devine et rit tout bas.

Au premier tour, l'amoureux dit : « Carmen, tes yeux si doux attirent mon regard, mais aussi leur éclat m'éblouit ; je ne peux les fixer plus qu'on ne fixe le Soleil. Carmen, ne me regarde pas ! »

Au second tour : « Carmen, ta bouche est suave, c'est une rose qui parle ; mais, pour moi, c'est la vie ou la mort qui d'un seul mot en peut sortir. Carmen, ne me parle pas ! »

Au troisième tour, il dit : « Carmen, ta peau semble plus douce et plus fraîche que la peau des anges ; mais ta main vient d'effleurer mon bras et je me suis senti comme frappé de la foudre. Carmen, ne me touche pas ! »

Au quatrième tour, il dit tout bas : « Carmen, mon cœur déborde ; je t'aime ! Si tu me repousses, je meurs ! Carmen, ne me tue pas ! »

Au cinquième tour, le grand-papa pouvait entendre, et l'amoureux ne parla pas.

Au sixième tour, le grand-papa, les trouvant tous les deux au bout de sa ceinture, les entoura de ses bras, et les pressant sur son cœur : « Le bon Dieu, leur dit-il, a créé le monde en six jours ; nous avons fait, en six tours, un mariage qui le continuera. »

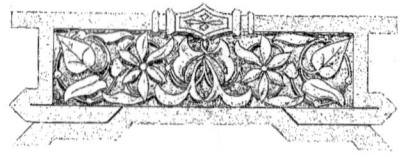

LES TROIS JUGES

En Espagne, on mange mal. L'alimentation populaire, celle que l'on trouve dans les plus petits villages se réduit à quelques préparations d'une naïve simplicité : la tortilla, omelette à l'huile toujours trop cuite, le chocolat, que chacun fait soi-même, et deux ou trois ratatouilles particulières qui n'ont pas de noms culinaires ; enfin, le puchero, sorte de pot-au-feu où l'on met cuire à l'eau une petite saucisse fumée et des pois chiches.

Dans la marmite du paysan, il n'y a souvent que cela ; mais, selon sa fortune, on y ajoute tout ce que l'on peut : vache, mouton, gibier, volaille et légumes de toute sorte. Dans ces cas-là, le modeste puchero prend le nom pompeux d'olla podrida.

Du reste, la cuisine est si peu compliquée, que l'on n'a souvent comme fourneau que le petit feu de l'âtre ou le brasero rudimentaire, qui se compose de quelques morceaux de braise couvant sous la cendre dans un grossier plat de terre cuite installé sur un tréteau rustique.

Il y a encore, pour varier les menus, ce que l'on mange cru : les ognons, les tomates, le fromage, les

fruits, les melons, pastèques et autres ci-
trouilles, dont on est très friand au delà
des Pyrénées.

Comme boisson, l'Espagnol se contente
généralement d'eau pure, la moins tiède
possible. Aussi, le vendeur d'eau, qui la
transporte dans de grands vases, a-t-il soin
de crier :

« Eau fraîche ! eau fraîche ! »

Les jours de fête, le cabaretier ambulant
promène avec lui un petit comptoir à anse,
en fer-blanc, orné de grosses boules de
cuivre, et il mêle à son eau un peu de
limonade, de petite bière ou des blancs
d'œufs battus en neige, séchés au four et
légèrement sucrés, qui sont considérés
comme friandises de grand luxe.

On boit bien aussi de gros vin de pays, épais et capiteux ; mais ce n'est qu'en de certains endroits fréquentés par des muletiers, contrebandiers et autres gens auxquels le voyageur, s'il est prudent, ne doit pas se mêler.

Cependant, plusieurs provinces d'Espagne produisent d'excellentes choses pour les gourmets, et, comme vignobles, il est différents crus, tels que Malaga, Xérès, Alicante et bien d'autres, qui sont fameux par tout l'univers. Mais ces excellentes choses sont difficiles à découvrir, et il faut être riche pour boire les vins généreux, même sur place. Les vignerons de par là connaissent le prix de leur récolte, et, lorsqu'ils se décident à laisser goûter de leur vin dans un tout petit gobelet, c'est qu'il y a pour eux grand intérêt à le faire. Aussi fut-ce une affaire de telle importance, le jour où l'un d'eux en offrit trois verres à la fois, que la chose vaut bien d'être contée.

Antonio Perez, vigneron riche à plus de cent tonneaux, avait une fille, la belle Enriquetta, belle à plus de cent amoureux, car elle séduisait quiconque la voyait un instant ; mais elle était honnête et sage, elle n'avait au cœur qu'un seul amour, et, n'ayant ni avarice ni vanité, celui qu'elle avait choisi n'était ni fortuné ni grand seigneur : c'était un vigneron comme son père. Le malheur, c'est que ce dernier ne voulait pas d'un gendre à si peu de tonneaux.

La pauvre fille essayait de tous les moyens de persuasion; son fiancé récoltait peu, c'était vrai, mais la qualité rachetait la quantité; il avait si bien cultivé sa vigne, que son vin était supérieur à tous ceux d'alentour; s'il avait un jour une plus grande terre, qu'il saurait faire valoir, il deviendrait le fournisseur des meilleures maisons.

« Car, sans vous offenser, petit père, disait-elle, vous produisez beaucoup, mais vous savez bien que votre vin n'est pas de première qualité, et ce serait bien quelque chose pour l'honneur de la famille que d'avoir un cru célèbre. »

Enfin, l'enjôleuse fit si bien, que papa se décida, non pas à dire oui, — pas si vite que cela, — mais à tenter une épreuve.

« Je veux, dit-il, faire juger cela par des experts, et, si vraiment ce vin est trouvé si extraordinaire que tu le prétends, eh bien, je consentirai à te donner à celui que tu aimes. Autrement, il n'y faudra plus penser. Un cru célèbre, soit! mais introduire dans ma famille des tonneaux quelconques, non! »

Le jour choisi pour l'expertise, la belle Enriquetta, dès l'aurore, s'occupa de tout préparer. Sachant d'instinct qu'un peu de toilette ne nuit jamais, elle enjoliva du mieux qu'elle put le tonneau que son fiancé avait envoyé, le parant de guirlandes de vigne chargée de raisins et de branches de laurier, symbole de la victoire.

Quand cette admirable décoration fut terminée, elle mit elle-même ses plus beaux habits de fête pour recevoir les juges que son père avait convoqués. Ils étaient trois : M. le curé, M. l'alcade, et le beau Gonzalez Fernandiz, la fine fleur des toreros. Tous les trois, fins connaisseurs, étaient également compétents, et tous les trois également intègres, on peut le dire. Ils avaient bien été, peut-être, un peu influencés d'avance, comme le sont souvent les juges; mais chacun d'eux l'ayant été également, si leur intégrité respective se trouvait diminuée, ce devait être dans la même proportion. Du reste, voici ce qui s'était passé.

La veille de ce grand jour, la jolie fille d'Antonio, la rose de Xérès, comme on l'avait surnommée, discrètement enveloppée de sa mantille, avait pris le sentier des vignes pour gagner le presbytère, dans lequel elle entra furtivement par la petite porte du jardin. Elle savait, à cette heure, trouver là le bon curé, reposant pendant l'ardeur du soleil, sous sa tonnelle ombreuse. C'était un endroit retiré, à l'abri des oreilles et des yeux indiscrets, où elle venait souvent raconter ses joies et ses petits chagrins au vieux prêtre, qui l'avait vue naître, l'avait baptisée, lui avait appris son catéchisme, comme aussi tout ce qu'elle savait d'autre, et qui l'aimait autant qu'il eût aimé sa propre fille, s'il en eût pu avoir.

Réveillé en sursaut, dans son calme sommeil, le bonhomme eut un bon sourire en voyant sa chère petite visiteuse, et celle-ci, plus câline encore que d'habitude, se mit de suite à dégoiser toute sa grande affaire, expliquant bien à son vieil ami comme quoi, le lendemain, il allait, sans s'en douter, décider de son bonheur, selon qu'un certain vin lui plairait plus ou moins.

Quoique en toute autre circonstance elle n'eût pu douter de sa bienveillance, elle ne venait pas lui demander de lui être favorable, car il y avait, cette fois, un cas de conscience ; mais elle avait eu une idée. Ne pourrait-il adresser au ciel une prière pour que Dieu lui inspirât son jugement comme à Salomon ? Certainement, Dieu, qui devait savoir que le saint homme n'avait de plus cher désir que de marier son élève et de baptiser aussi ses enfants, ne voudrait pas lui faire rendre un arrêt qui y fît obstacle.

Le bon curé avait promis de faire cette prière, qui mettait sa conscience à l'abri, et la rusée plaideuse s'était retirée satisfaite.

Ce qu'elle n'avait pas dit, mais que Dieu savait aussi, car il sait tout, c'était que la paroisse se trouvait bien pauvre en ce moment, et que ce riche mariage était pour elle une aubaine dont il eût été bien fâcheux de la priver.

Dans le même temps, le vigneron causait avec Gonzalez, en pleine rue, à cette heure de la sieste où personne n'est dehors.

« Ainsi, cher ami, disait-il, c'est bien compris ; je ne suis pas venu faire une démarche auprès de vous, je n'ai pas été vous trouver chez vous, je vous ai rencontré par hasard, et, si je vous ai dit en confidence le résultat que doit avoir ce jugement, c'est que je suppose que vous avez jeté un regard sur ma fille.

— En tout bien tout honneur ! s'exclama le beau torero. Je n'avais pas encore osé vous demander sa main ; mais dès l'instant qu'un autre se présente....

— Aussi, voilà pourquoi, interrompit le vigneron, je ne pouvais pas, comme aux autres, vous cacher le dessous de l'affaire. Vous m'auriez accusé de traîtrise si je vous avais laissé accomplir un acte qui pût favoriser un rival. Je ne pouvais pas non plus, appelant des experts, ne pas choisir Gonzalez Fernandiz, le plus fameux : c'eût été vous faire injure. Maintenant, vous avez la liberté de ne pas accepter.

— Ce serait, à mon tour, un manque d'égards, ne pouvant dire le motif de mon

59

abstention. Je siégerai et je voterai selon ma conscience, quoique, à vrai dire, je ne comprenne pas pourquoi, puisque vous venez de m'avouer vous soucier si peu d'avoir ce futur gendre, vous avez consenti à lui accorder cette épreuve.

— J'espère autant que vous qu'elle ne réussira pas ; mais c'est ma petite diplomatie. N'ayant pas refusé moi-même le prétendant préféré de ma fille, j'aurai plus de chance de la pouvoir guider pour en choisir un autre. Vous comprenez ?... A demain !

— Encore un mot. Si je trouve le vin mauvais, il faudra bien que je le dise, et Mlle Enriquetta m'en voudra à mort si jamais elle apprend que vous m'aviez prévenu.

— Et comment voulez-vous qu'elle le puisse savoir ? Ni vous ni moi n'irons jamais en souffler mot à personne, nous pouvons en faire le serment. Je le jure !

— Je le jure ! » répéta Gonzalez.

Et, sur ce, les deux conjurés se séparèrent.

Quant au fier hidalgo, fiancé d'Enriquetta, il avait l'âme trop noble pour quémander un appui. D'ailleurs, à qui aurait-il pu s'adresser ?

Il ne connaissait pas les projets du torero ; mais son instinct devait l'avoir prévenu que ce n'était pas un ami. Il n'avait jamais eu avec M. le curé aucun rapport qui l'autorisât à l'aller voir. L'alcade était le seul des trois arbitres de sa destinée avec lequel il eût des relations. Étant un des plus écoutés parmi les jeunes gens de la ville, et s'occupant activement des affaires publiques, il avait souvent occasion d'être reçu par ce magistrat.

Justement, ce jour-là, il se présenta à l'audience privée, sous prétexte d'un rapport sur les élections. En profita-t-il pour glisser incidemment un mot sur l'expertise du lendemain ? Nul ne le sait. En tout cas, cela ne dut guère lui être utile.

M. l'alcade avait pour principe de toujours ménager la chèvre et le chou. C'est très bien, pensait-il, de se faire des amis ; c'est encore mieux de ne pas se faire d'ennemis. Or, comme Gonzalez lui avait demandé force renseignements sur la fortune d'Antoino et sur la dot de sa fille, il pouvait lui supposer des intentions matrimoniales, et, dans ce cas, son fameux principe lui interdisant de prendre parti, même indirectement, pour l'un ou l'autre des deux prétendants rivaux, l'impartialité la plus absolue s'imposait d'avance.

On peut donc dire que, lorsque l'aréopage fut réuni dans la maison d'Antonio Perez, il était aussi parfait que peut être un tribunal de nos jours.

Le vigneron le fit ranger en demi-cercle devant lui. Enriquetta, ayant apporté un

flacon rempli du fameux vin, offrit à chacun des juges un verre en forme de gobelet ; puis elle versa avec onction la liqueur limpide aux reflets d'or. Alors, dans un grand silence solennel, la dégustation commença.

Le curé, un peu penché en avant, tetait son verre, avalant par petites gorgées. Quand, par intervalle, il s'arrêtait, ses yeux à demi fermés ne quittaient pas le doux nectar, qu'ils semblaient caresser du regard.

L'alcade, droit sur sa chaise, une main sur la hanche, dans une pose pleine de noblesse, flairait, humait, les lèvres avancées comme pour siffler, aspirait avec ce bruit particulier que font les dégustateurs sérieux.

Le torero, renversé en arrière, les jambes croisées dans un gracieux abandon de nonchalante désinvolture, après avoir vidé son verre presque entièrement, d'un seul coup, en regardait le fond d'un air dédaigneux.

Le vigneron, anxieux de savoir quel serait le verdict, examinait tour à tour les expressions différentes des trois membres du jury. Quand les trois verres furent vides :

« Eh bien, qu'en pensez-vous ? » demanda-t-il, en s'adressant d'abord au curé.

Celui-ci, rouvrant les yeux comme sortant d'extase, dit d'une voix inspirée :

« Exquis ! délicieux ! merveilleux ! »

A l'énoncé de cette pompeuse sentence, Gonzalez, réprimant un geste de colère, eut un sourire railleur, et le vigneron, ébahi, lança un regard soupçonneux sur Enriquetta, qui se tenait modeste et les yeux timidement baissés : telle une statue de l'innocence.

Alors, il reprit :

« Et vous, monsieur l'alcade ? »

Celui-ci, resté impassible, répondit lentement :

« Heu ! heu ! pour un vin supérieur, il serait ordinaire ; pour un vin ordinaire, il serait supérieur. »

Cette déclaration ambiguë ne satisfit personne, on peut le croire, et le torero, sans attendre d'être interrogé, s'écria avec une grimace de parfait dégoût :

« Exécrable ! C'est du vin de cabaret ! »

Une telle conclusion, qui devait paraître à tout le monde tout au moins aussi exagérée, dans un autre sens, que celle du curé, ne sembla cependant pas étonner le vigneron ; mais alors ce fut le tour d'Enriquetta, qui regarda tour à tour avec malice son père et le torero.

Après un moment de silence général, Antonio Perez, s'adressant à l'alcade, dit :

« Eh bien, il me semble qu'en toute justice, l'avis de Gonzalez annulant celui de M. le curé, je dois conclure, selon votre opinion, que le vin n'est ni bon ni mauvais. »

L'alcade, comprenant que, malgré tous ses efforts pour rester neutre, il allait devenir seul responsable d'un jugement qui, en somme, était la condamnation d'un des deux concurrents, s'empressa de répondre :

« Non. Puisque vous me consultez comme magistrat, je déclare que l'expertise doit être considérée simplement comme nulle et non avenue. »

Cette manière de voir, maintenant les choses en l'état, laissait, pour Enriquetta et son protecteur le curé, la porte de l'espoir entr'ouverte, et le silence qu'ils gardèrent prouva qu'ils l'acceptaient, faute de mieux. Mais le fougueux torero, qui avait entrevu la victoire, ne voulut pas la laisser indécise.

« Il y aurait, dit-il, un moyen de tout concilier ; ce serait d'admettre un nouvel arbitre aussi compétent, si ce n'est plus, que nous tous : c'est Antonio lui-même. Son

62

avis dans un sens ou dans l'autre établira une majorité, et, pour ma part, je m'y soumets d'avance. »

L'alcade, qui avait l'esprit subtil, saisit tout de suite l'avantage de cette proposition : la responsabilité, dont il avait si peur, passait en d'autres mains. Il acquiesça donc immédiatement à cette idée. En effet, de cette façon, ce serait le père qui déciderait de l'avenir de sa fille.

Le pauvre curé, devenu minorité, leva vers le ciel un regard de douloureuse résignation. Tout était perdu. Le ciel, qui sans aucun doute s'occupait de cette affaire, comprit-il cette expression d'angoisse ? Toujours est-il qu'Enriquetta, animée par une inspiration soudaine, prit à son tour la parole.

« Pardon, dit-elle, à vous, messieurs, et pardon aussi à vous, mon père ! Je ne puis vous laisser plus longtemps dans l'erreur. Il faut que vous sachiez que j'ai pour fiancé un vigneron, et que mon père, avant de l'accepter pour gendre, avait décidé de vous consulter sur la valeur de son vignoble. Eh bien, j'ai eu peur, et je vous ai donné à goûter, au lieu de son vin, la dernière cuvée de mon père. Je comprends maintenant la gravité de ma faute, et je pense que la seule atténuation que j'y puisse apporter, c'est de vous en faire le sincère aveu. »

Devant cette confession, tout le monde resta stupéfait, et, comprenant que la séance était terminée, on se leva pour prendre congé.

Le vigneron, devenu très rouge, avait peine à contenir la colère qui grandissait en lui. Il lança à sa fille un regard terrible, qui ne la fit cependant pas rentrer sous terre, et s'adressant à ses hôtes qui saluaient avant de se retirer : « Messieurs, leur dit-il, je vous fais toutes mes excuses pour l'impertinence de cette petite sotte, qui nous met tous dans une situation ridicule, car vous n'auriez jamais consenti à venir chez moi juger mon propre vin, même si j'avais eu la bêtise de vous en prier, et, moi, je suis forcé de recevoir en pleine face une appréciation que je n'ai pas sollicitée. »

Au fond, l'alcade et le torero étaient très vexés d'avoir porté ce jugement, dont le résultat inattendu était tout le contraire de leur désir, et l'on se sépara froidement.

Le vigneron, après qu'ils furent partis, tournait comme un ours en cage, absorbé dans sa mauvaise humeur. Il s'arrêta devant sa fille, restée toute penaude de cette scène.

« Ah ! tu en fais de belles, lui dit-il, avec ton air de sainte-nitouche ! J'en suis encore suffoqué ! »

Et, tout en parlant, il avait pris machinalement le flacon que celle-ci tenait encore à la main. « Donne-moi un verre, j'ai la gorge en feu. Ah ! pour des experts réputés infaillibles, ils sont propres ! Que l'alcade ait trouvé ce vin ni bon ni mauvais, c'est son droit ; d'ailleurs, il est magistrat, c'est son métier de rendre la justice, et la justice est rarement bienveillante ; mais ce Gonzalez, qui le trouve exécrable !

— Oh, dit Enriquetta en apportant le verre, c'est un mot malheureux qui dépassait probablement sa pensée

— Ah ! c'est curieux que ce soit toi qui le défendes maintenant ! reprit le vigneron en se versant à boire.

— Je ne le défends pas, répondit la rusée, qui n'était pas fâchée, au contraire, de voir la colère paternelle se porter sur le torero ; vous savez combien il m'est peu sympathique, et je n'admets pas plus que vous les expressions d'exécrable et de vin de cabaret.

— C'est vrai ! il a dit cela aussi, vin de cabaret !

— Je les trouve si exagérées, que je suppose qu'il avait peut-être un motif secret pour les avoir exprimées. » Et elle dit cela sournoisement, avec un petit œil plein de malice, pendant que son père vidait son verre.

« Ah ! tu supposes ?... »

Et il fit claquer sa langue. « Un vin de cabaret, ce vin-là ! Il est peut-être justement meilleur que d'habitude. Je crois même que ce sera une année exceptionnelle. »

S'en étant versé un second verre, il le dégustait lentement. « C'est-à-dire que je trouve que M. le curé n'a pas trop dit ; il est délicieux, merveilleux ! »

A mesure qu'il goûtait, ses yeux exprimaient un étonnement grandissant jusqu'à la stupéfaction, et il finit par dire : « Tellement merveilleux, que ce n'est pas mon vin ! » Et regardant sa fille d'un air soupçonneux : « Ah ! çà, qu'est-ce que c'est encore que cette manigance-là ? Comment ! tu as osé leur dire tout à l'heure que c'était mon vin de la dernière cuvée ?... Ah ! bien, si le curé l'a cru, il va me faire un joli succès, d'autant plus ridicule qu'il faudra le démentir ! »

Alors, Enriquetta, tombant aux genoux de son père, lui dit d'une voix qu'étranglait l'émotion : « Il ne tient qu'à vous que ce soit la vérité, si ce vin devient le nôtre. »

Le vigneron, attendri, releva sa fille et, l'embrassant avec effusion, lui dit à l'oreille : « Ah ! coquine ! »

Et il ajouta gaiement : « C'est bien fait pour Gonzalez ! »

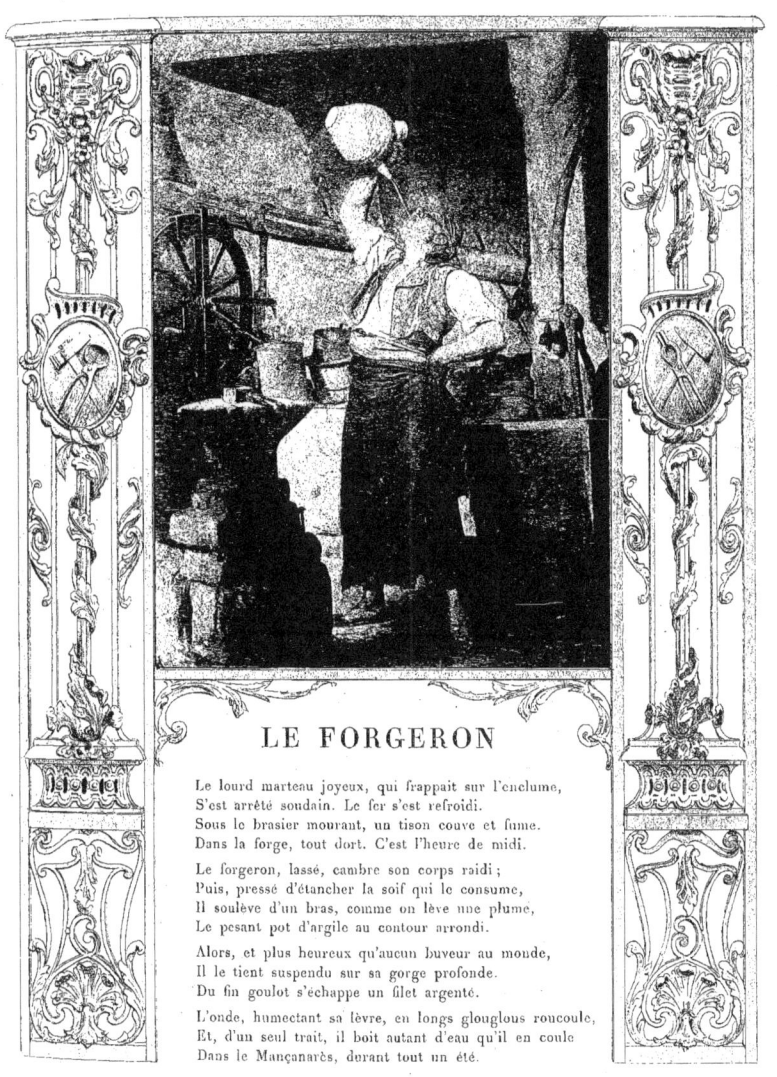

LE FORGERON

Le lourd marteau joyeux, qui frappait sur l'enclume,
S'est arrêté soudain. Le fer s'est refroidi.
Sous le brasier mourant, un tison couve et fume.
Dans la forge, tout dort. C'est l'heure de midi.

Le forgeron, lassé, cambre son corps raidi ;
Puis, pressé d'étancher la soif qui le consume,
Il soulève d'un bras, comme on lève une plume,
Le pesant pot d'argile au contour arrondi.

Alors, et plus heureux qu'aucun buveur au monde,
Il le tient suspendu sur sa gorge profonde.
Du fin goulot s'échappe un filet argenté.

L'onde, humectant sa lèvre, en longs glouglous roucoule,
Et, d'un seul trait, il boit autant d'eau qu'il en coule
Dans le Mançanarès, durant tout un été.

LA RÉPRIMANDE

Ce qui séduit le peintre, c'est de reproduire une scène au milieu de son vrai décor ; mais cela demande parfois une explication, comme, par exemple, pour celle-ci, qui se passe dans un jardin placé au niveau des toits.

Il n'est, dans toute l'Andalousie, rien d'aussi pittoresque que la coquette petite ville de.... Inutile d'en dire le nom. C'est un principe, que devrait adopter tout voyageur, de ne jamais nommer les endroits dont il parle. Il éviterait ainsi les démentis et les observations. En effet, si chacun peut y aller voir, vérifier les détails, établir des comparaisons, constater les oublis, critiquer les descriptions, discuter les impressions, il n'y a plus de récit possible ; vous n'avez même plus le droit d'être plus artiste que votre contrôleur et de trouver du charme à ce qu'il ne comprend pas.

Carthage, Babylone, les jardins d'Armide paraîtraient-ils aussi splendides que les poètes les ont chantés, si on les pouvait encore voir ? Et vous, Laure, Héloïse, Béatrice, toutes les grandes aimées, sembleriez-vous aussi belles que l'ont dit vos adorateurs, si l'on avait vos photographies ?

Ce que nous pouvons dévoiler, c'est que notre petite ville est bâtie sur le versant d'une colline et que les rues y sont très en pente, même en escalier, et souvent en échelle. Aussi n'est-il pas rare que femme y glisse, et, les jours de fête, les chutes y sont sans nombre. Mais, avec l'habitude, on se fait à tout, et cela n'empêche ni la population d'augmenter, ni les affaires de prospérer.

Dans cette cité heureuse vivait un abbé vénérable, savant, charitable et aussi bon vivant qu'aucun de ses compatriotes. Il soignait les malades, consolait les affligés, jugeait les différends, guérissait la vigne, dégustait les vins ; enfin, il était expert en toutes choses, et, ce qui n'est pas commun, expert consulté par tous et par tous écouté. Il n'avait jamais glissé, lui, sur aucune pente. Il est vrai qu'il ne descendait jamais sur terre et vivait sur les toits, comme Siméon le styliste sur sa colonne.

On va se récrier, traiter le narrateur d'imposteur. Cependant, rien n'est plus vrai ; et si l'on savait où c'est, on y trouverait encore, sans doute, le bon abbé installé sur sa terrasse, dans son grand fauteuil-bergère en tapisserie, prenant son chocolat à l'ombre d'un lilas séculaire.

Il faut dire que cette terrasse, à laquelle on accède par la lucarne du grenier, est un véritable petit jardin, entouré d'un mur d'appui chargé de pots de fleurs, avec, au milieu, un banc de pierre comme dans un parc.

C'est sur ce banc que viennent journellement s'asseoir, tour à tour, les plaideurs, les vignerons et les jolies pénitentes comparaissant devant leurs juges. Juges est ici mis au pluriel parce que, indépendamment de l'abbé, son chat Minos assiste à toutes les audiences.

Il faut avouer qu'il y dort tout le temps ; mais cela n'empêche pas qu'il ne rende aussi des sentences dignes de Salomon. Voici comment. Lorsque les plaidoiries s'éternisent sans amener d'éclaircissement aux débats, que les échantillons vinicoles sont atteints de maladies inconnues, que les péchés des pénitentes deviennent trop... inquiétants, enfin toutes les fois que le juge ne veut pas se compromettre en rendant un arrêt, il se tourne vers l'animal et lui dit : « Eh bien, qu'en pensez-vous, Minos ? » Minos ne répond jamais. Alors, l'abbé reprend d'une voix solennelle : « Je suis de l'avis de Minos. » C'est invariable, définitif, sans réplique. Tout le monde sait que c'est un congé, et tout le monde l'accepte, sous cette forme qui n'a rien de blessant, comme venant d'un animal inconscient et, qui plus est, endormi.

Or donc, doña Pilar, étant à son tour sur le banc avec sa fille, gesticulait, crispait les doigts, vociférait, objurguait et faisait retentir des éclats de sa violente colère la

67

terrasse et les toits d'alentour, au point que Minos en avait ouvert l'œil un instant.

« Oui, monsieur l'abbé, disait-elle haletante, voilà ce qu'elle a fait ! Et avec ça un air de sainte-nitouche, qu'on lui donnerait le bon Dieu sans confession !... Oh ! devant vous, elle baisse les yeux, la finaude ! elle a trop peur que vous ne lisiez sa honte, la misérable !... Et c'est ma fille, à moi, doña Pilar, dont la piété est offerte en exemple par toute la ville !... Ah ! fatale beauté dont j'étais si fière, je regrette maintenant de te l'avoir transmise ! et je devrais te la reprendre de ces propres mains qui t'ont donné le jour !... Ah ! monsieur l'abbé, cette enfant me rendra folle !... Punissez-la ! enfermez-la !... C'est un monstre, monsieur l'abbé !... Je vous la donne !... Que Notre-Dame me pardonne de l'avoir faite !... »

Pendant cette violente diatribe, le bon juge cherchait à faire prendre à sa physionomie un air sévère. Il n'arrêtait pas d'ouvrir et fermer sa tabatière, reniflant prise sur prise, ce qui était toujours chez lui le signe d'une grande perplexité. Plusieurs fois, au long récit des fredaines de Mlle Conception, avançant les lèvres et faisant les grands yeux, il avait aspiré des oh ! oh ! qu'il s'efforçait de rendre indignés. A un moment, il avait même dit : « C'est grave ! très grave ! » Mais, quand la vieille se fut enfin arrêtée, il lui fallut bien prendre la parole d'une façon moins laconique, et cela, c'était encore plus grave. La sagesse lui soufflait à l'oreille des conseils de prudence.... Entre l'arbre et l'écorce il ne faut pas mettre le doigt. Prends garde à la rancune des femmes. Celle-ci, tôt ou tard, pardonnera à sa fille ; sois indulgent. Mais l'intérêt disait dans l'autre oreille : « Si tu ne punis pas sévèrement, cette mégère, dans sa rage, ameutera contre toi l'arrière-ban des duègnes et des vieilles filles dévotes ; on t'accusera de protéger le crime, de vendre à Satan l'âme des jouvencelles.... Tu perdras la confiance des mères de famille ; partant, plus de cadeaux ; adieu prébendes, bénéfices.... Il faudra descendre par la ville mendier ton pain, t'exposer sur toutes les pentes, avec la misère, mauvaise conseillère qui mène à tous les vices. C'est le ciel fermé pour jamais. C'est la damnation éternelle. »

Et le pauvre homme hésitait, mettant une prise de tabac entre chaque mot ; il répétait :

« Une pénitence ?... une pénitence ?... Il en faut une.... je la cherche....

« Certainement, je ne serais pas embarrassé pour en trouver une s'il s'agissait d'un bon gros péché bien déterminé, dûment accompli et suivi d'un repentir tout au moins suffisant. Dans ces cas-là, ordinairement, j'envoie mes jeunes coupables en pèlerinage. Je les condamne à monter le Calvaire pieds nus et à vendre au profit des pauvres des chapelets ou des palmes à la porte de l'église. Mais, aujourd'hui, je me trouve devant une exception : pas encore de faute bien positive ; mais une tendance à les commettre toutes, et aucun repentir !

« C'est pourquoi je voudrais une punition qui viendrait de Dieu lui-même ; car je ne pourrai jamais, à moi seul, puisque sa mère y renonce, empêcher l'avenir déplorable que cette enfant se prépare.

« Et justement, voici que je me souviens qu'autrefois — il y a, ma foi, environ trente ans — une jeune pénitente vint s'asseoir devant moi, sur ce banc-là où vous êtes ; elle était jolie, élégante, co-

quette... comme vous l'étiez en votre printemps, doña Pilar !... C'était la coqueluche de tous les galants de la ville. »

Doña Pilar, intriguée, disait en minaudant : « Monsieur l'abbé !...

— Du reste, c'est en regardant Conception que ce souvenir me revient ; car elle ressemble à mon ancienne petite pécheresse, à croire que c'est la même que je revois en ce moment : même tournure, même air modeste et contrit, même petite moue, et, ce qui est curieux, même faute. J'ai dans l'idée que vous avez dû la connaître intimement, doña Pilar. »

Doña Pilar n'avait plus envie de sourire, et elle balbutiait, implorant du regard : « Monsieur l'abbé !... »

Celui-ci fit un geste qui voulait dire : « Soyez sans crainte, je ne la nommerai pas », et continua avec sévérité :

« Il suffit que vous sachiez de qui je veux parler. »

« Je lui disais alors : « Mon enfant, si vous continuez vos... votre... les... enfin « à faire le désespoir de vos parents, craignez qu'un jour le ciel, irrité, ne vous « donne à votre tour une fille semblable à vous. » C'est ce qui, paraît-il, est arrivé. En menaçant aujourd'hui Conception d'un pareil malheur, ne trouvez-vous pas que ce serait une pénitence suffisante, doña Pilar ?... Et vous, qu'en pensez-vous, Minos ? »

SOUVENIRS DE VOYAGE

Dans le pays où les ri-
vières n'ont pas d'eau, où les
pâturages sont en cailloux,
on prend l'herbe comme elle
vient et là où elle pousse.

Sur les antiques rem-
parts, où tant de fois s'égor-
gèrent Mores et Castillans, aujourd'hui le troupeau s'en va broutant l'herbe des morts.

PEDRO LE CONTREBANDIER

DIT LE BORGNE, OU L'ŒIL OUVERT

PAYSAN CATALAN

QUAND ON ATTEND SA BELLE !...

Le savetier ambulant s'installe où il veut ; de préférence,
il choisit la porte des plus
riches palais, où les grands laquais galonnés, qui n'ont absolument rien à faire, viennent
bavarder avec lui.... La dernière
encoignure où l'on cause !

Le muletier qui passe éveillant les villages aux grelots de ses mules, à l'écurie
raccommode ses harnais.... L'Espagne est
pauvre !

CHEZ LE RÉMOULEUR

Un vieil ouvrier retiré de la manu-
facture d'armes de Tolède, qui n'a pas
son pareil pour aiguiser une navaja. On
lui apporte, de dix lieues à la ronde, des
lames à repasser. De combien de ven-
geances ne fut-il pas le complice inconscient, comme la parque Atropos ?

UN MOULIN SUR LE TAGE

LE DÉPART DES MARIÉS

En Espagne, le petit dieu Cupidon est le grand pour-
voyeur de l'hyménée, et, si cela n'est pas toujours vrai,
il faut néanmoins le croire, pour l'honneur des époux.

Les fiancés se font la cour de toutes les façons con-
nues : sans se rien dire, ou en s'en
disant trop.

Il y a des amoureux timides et lan-
goureux ; il y en a de gais qui se font
des niches, jouent à cache-cache, etc.

Quand on s'est suffisamment émoustillé de part
et d'autre, et que les
deux familles sont d'ac-
cord, le père, tirant du
vieux coffre la sacoche

de cuir, compte la dot ; on convoque les parents, les amis,
pour aller devant l'alcade et le curé, et l'on termine la
cérémonie par de joyeuses bombances.

En somme, les mariages, en Espagne, se font à peu près
comme partout ailleurs.

73

Le brouhaha qui accompagne le départ des mariés à la fin de toutes les noces, surtout à la campagne, les allées et venues des domestiques empressés, chargeant les bagages sur des mules, des carrioles ou des charrettes à bœufs, selon les pays, tout le monde connaît ça, comme on connaît aussi les sentiments divers qui animent, dans ces occasions, les acteurs principaux, et même les simples spectateurs.

C'est la mère, affligée de quitter une enfant adorée, que l'on console.

Les demoiselles d'honneur, non pas jalouses, mais impatientes de voir arriver leur tour.

Le galant, murmurant de douces paroles à l'oreille d'une jeune fille, sous l'œil attendri de l'aïeule, qui déjà sent poindre l'espoir d'un nouveau mariage.

Puis les convives, restés accoudés à la table à moitié desservie.

Le vénérable curé, qui les a tous baptisés, tous mariés, et qui n'est pas prêt d'avoir fini. Bon vivant et d'aimable conversation ; les méchantes langues disent : bavard et gourmand.

Le grand-père, qui n'a d'yeux, d'oreilles, de cœur et d'entrailles que pour son petit-fils. Le marmot a voulu monter sur la table pour applaudir, il l'y a mis, et, s'il veut s'asseoir sur le gâteau, il l'y assoira.

C'est aussi le groupe des amis, qui donnent la dernière poignée de main et offrent le dernier verre, le coup de l'étrier.

74

Enfin, les animaux eux-mêmes : les pigeons qui s'ébattent sur les corniches, et jusqu'au chien penaud, qui regarde d'un œil triste la bonne maîtresse qu'il ne suivra plus.

Tout cela, on l'a vu, on peut le voir dans toutes les noces ; mais ce qu'on ne voit pas partout, c'est le mari à cheval, emportant sa femme en croupe derrière lui ; ce sont deux êtres destinés à vivre dans un perpétuel vis-à-vis, qui commencent en partant dos à dos.

C'est la coutume en Espagne. Les coutumes ne s'expliquent ni ne se discutent. Cependant, si vieux que soit un usage, il doit avoir eu un commencement, et, dans le cas présent, on peut se demander quels sont les premiers mariés espagnols qui sont partis ainsi.

Certains savants répondront que ce ne sont peut-être pas des Espagnols qui ont commencé et que, dans cette position inférieure infligée à la femme, il faut voir un souvenir des Maures, chez lesquels l'épouse restait l'esclave de son mari. D'autres remonteront plus loin encore (les savants remontent facilement) et trouveront dans ce groupe l'image de Janus, le dieu latin à double face, dont l'une regardait l'avenir et l'autre le passé. En admettant cette supposition, la comparaison serait au moins poétique, d'autant plus que ce dieu avait temple ouvert pendant la guerre et fermé pendant la paix, ce qui peut bien passer pour l'emblème du mariage.

Il y a aussi des gens qui, n'étant pas savants, pensent que cette manière de voyager n'est qu'une manifestation de la galanterie espagnole. En effet, la femme, bien assise, se trouve accotée commodément sur de solides épaules ; de plus, elle est préservée du vent et de la poussière, comme aussi mieux protégée en cas d'attaque, son mari lui faisant un rempart de son corps : à moins, cependant, que le vent, la poussière ou l'ennemi ne viennent par derrière.

On peut choisir entre toutes ces hypothèses, ou même en faire d'autres ; on peut aussi imiter les jolies mariées d'Espagne, qui se conforment à l'antique mode sans en chercher la source ; mais, surtout, qu'on n'aille pas leur dire que c'est un symbole d'infériorité : elles seraient capables de vouloir alors faire marcher le cheval à reculons, et, ma foi !... ce ne serait pas un simple animal qui leur résisterait, quand Dieu lui-même veut ce que femme veut.

LIVRE QUATORZIÈME

JOUISSANCES DE L'ART

PEINT PAR LUI-MÊME

MUSIQUE SACRÉE

UN GRAND ARTISTE

LA LEÇON DE PIANO

L'AMATEUR

AMOROSO

PEINT PAR LUI-MÊME

A notre époque, il y a encore des gens intelligents qui estiment les choses d'art ; mais ils s'en occupent de toute autre façon qu'autrefois.

Aujourd'hui, l'amateur, avide de détails curieux, veut savoir comment, pourquoi et où l'on a fait ce que l'on propose à son admiration. Souvent, il s'intéresse moins à l'œuvre elle-même qu'à sa genèse, et, quelquefois, il ne se souvient que de celle-ci.

Actuellement, on feuillette à peine le livre, alors qu'on en dévore les notes et la préface. Dans l'histoire, on ne s'attache qu'à l'anecdote. Aux expositions, l'on se promène ; à l'Opéra, l'on cause. Pourquoi, d'ailleurs, regarder et écouter sérieusement des ouvrages sur la valeur desquels personne n'est d'accord ? Il vaut bien mieux s'occuper de leurs auteurs. Si parmi eux se trouvent de futurs grands maîtres, il est intéressant de connaître leur passé et d'étudier, pendant qu'ils sont vivants, les scandales de leur vie intime, leurs ridicules, leurs goûts, leurs passions, leurs vices même. Quand ils seront morts, on aura le loisir de rechercher dans leurs chefs-d'œuvre, s'ils en laissent après eux, les traces de leur cœur et de leur esprit.

Hélas ! artistes et poètes se plaindraient bien inutilement de cette esthétique nouvelle : on ne remonte pas les courants, ceux de la mode moins que tous les autres. Les malins sont ceux qui se servent de ce seul moyen qui reste encore d'attirer l'attention du public sur leurs productions. Faisons comme eux.

Or donc, un jour, furetant dans la boutique d'un marchand de bric-à-brac, je trouvai un petit agenda manuscrit.... oh ! de bien triste apparence !

Il y manquait les trois quarts au moins, et les quelques pages qui restaient, rongées par les souris, détériorées par l'humidité, étaient en déplorable état. Cependant, malgré que l'écriture en fût souvent presque illisible, tant elle était effacée, je fus séduit par les premiers mots que j'en parvins à déchiffrer, et j'emportai précieusement ma trouvaille. Je ne l'avais pas payée cher, on peut le croire ; mais, pour moi, elle valait beaucoup, comme on en pourra juger. Voici la copie textuelle de ce petit factum, avec son orthographe et les lacunes qu'y ont laissées les rongeurs et la moisissure :

80

Memento
d'Alexandre Putois

[...]tré au service de
Monseigneur le
cardinal Boniface
en qualité de premier
valet de chambre
le 17 avril 1867.

Monseigneur recomande
surtout que l'on ~~n'~~
~~[...]~~ n'époussette pas
avec le plumeau à
cause de la poussière
dans le salon où il
peint et qu'on n[e frotte]
pas les meubles ave[c]
du linge vieux ma[is]
seulement à la peau
de dain pour les
pluches qui se collent dans
sa peinture

comme pour les tapis
qu'on balayera au
son mouillé.
le 20. aller au marchand
de couleurs qui n'apporte
pas à Monseigneur
sa comande, qu'il
manque de vert
million.
Pour mon usage
de toilette parfums
acquil   3,20

[...]seigneur se plaint
que la jardinière
nauséabonde ~~[...]~~
rapport à l'eau des fleurs
qui n'est pas changé
assez souvent.

le 23 - aller chez le
libraire demander les
secrets de Raphaël
en dix huit broché
avec la remise.

le 24 payer
et aller secouer d'importance
le miroittier de la part
de Monseigneur qui
dit que la glace où
il se fait son portrai
lui deforme la figure.
et ce qui est bien
vrai !

le 25 — payé au tailleur
la note de un tablier de
soie rose à poche de devant

bavette avec deux
choux ponpons à agrafes
pour tenir à la ceinture
Une pellerine en drap
fin rouge doublé de
rose à revers de fantaisie
et gance à glands pour
attacher.

le 26 — aller prévenir
l'ebénisse de venir

apporter ici a
et prendre au grenier
luttrin aigle en bois
esculté ancien et le
réparer à neuf pour
servir de chevalet.

le 28 — (pour ma gouverne)
tâcher de savoir les noms
des Monseigneurs qui
sont venus aujourd'hui voir
le portrait et qui ont fait
tant de compléments un
grand sec tout ébouriffé)

tout en blanc à
doublure rose et un
petit gros rougeot en
velours violet.

Notta béné. — pour la
sécurité des racontares
de l'office qui pourraient
me rétomber dessus si
Monseigneur les
entendaient, éloigner
le plus possible les valets
de pieds de l'escalier

les jours de réception
pour qu'ils n'entendent
pas les réflexions des
personnes qui viennent
voir le portrait
et qui en parlent
redescendant.
J'ai remarqué que
Monseigneur est
plus méticuleux
de son talent de peintre

que de ses titres de
noblesses de sa
fortune et de ses
succès de

Ici se terminait brusquement, comme on le peut voir, le précieux mémento d'Alexandre Putois, ou du moins ce qu'il en restait ; mais il y en avait assez pour reconstituer l'intérieur du prélat amateur, et la scène où il fait admirer à ses visiteurs son portrait peint par lui-même.

Au public à dire, maintenant, si je fus traducteur scrupuleux et fidèle.

MUSIQUE SACRÉE

« Cher maître, je commence par vous dire que les chanteurs sont parfaits, l'enfant de chœur au piano d'un comique très fin, le vieux à grande barbe d'un beau caractère, le décor on ne peut mieux traité ; seulement, puisque vous autorisez la critique, ça n'est pas ça du tout : ça n'est pas la musique sacrée. Entendons-nous, c'en est peut-être, mais rien ne l'indique. Que ce soit des moines qui la chantent, n'est pas une raison suffisante, et, si le prieur qui tient l'archet a bien l'air d'un mélomane exalté, nous ne savons pas pour quelle musique il se passionne. Il manque là dedans un auditeur dont l'expression d'extase mystique nous ferait comprendre le sentiment religieux que cette audition lui inspire. Vous ne nous montrez que des musiciens, et nous ne les entendons pas. Puis, la contrebasse a trop d'importance. Je sais bien que cette silhouette sombre sur le groupe blanc fait un contraste qui en rompt la monotonie et balance l'effet opposé du vieillard lumineux sur un fond sombre. Ce sont là malices de peintre, mais cela nuit au sujet. Trop d'éclat ! trop de pittoresque !

« Ah ! vous avez refait votre tableau ! La longue rangée des robes blanches que rien n'interrompt se dégrade et se perd dans la pénombre d'un fond plein de mystère. La contrebasse, reléguée dans un coin avec les ophicléides, n'a plus l'air d'un virtuose prétentieux. Ce frère, qui en a pris la place et bat la mesure d'un geste solennel, étant vêtu de blanc, comme aussi l'enfant de chœur, l'unité du groupe n'est plus détruite. Le lutrin, les manuscrits de plain-chant sur les pupitres donnent déjà un caractère plus religieux. Enfin voici, dans un grand fauteuil, l'auditeur nécessaire. Ses yeux levés vers le ciel, ses lèvres entr'ouvertes donnent bien l'expression ; et pour que l'effet de cette musique céleste qui ravit l'âme et calme les douleurs physiques soit rendu plus puissant, vous avez donné à ce prélat l'aspect frileux et souffrant d'un malade, enveloppé dans un grand manteau, les pieds sur une fourrure, avec, derrière lui, deux laquais destinés à soutenir ses pas chancelants. Eh bien, avouez que ce second tableau représente bien mieux la musique sacrée, et que l'autre est condamné.

— Je l'avoue, cher critique ; cependant je suis son père, et je vous demande sa grâce. Laissez-le vivre, à la condition qu'il ne portera plus le titre qu'il avait usurpé.

— Allons ! comme tous les pères, vous avez un faible pour l'enfant qui a mal tourné.

— Que voulez-vous ? pour moi, ce sera toujours le premier-né. »

85

UN GRAND ARTISTE

UAND Monseigneur assiste aux offices de la cathédrale, à la douce clarté qui descend des vitraux dans la pénombre du chœur, les lignes pures de son visage sévère, encadré de longs cheveux blancs soyeux et bouclés, inspirent autant le respect que l'admiration.

Mais il est un buen-retiro intime, tout encombré d'antiquités, où règne un de ces beaux désordres qui plaisent au génie : l'atelier dans lequel le noble cardinal se délasse de ses études théologiques en cultivant le bel art de la peinture. Là, ce n'est plus le même homme ; la robe rouge fait penser au Dante Alighieri, et la tête, coiffée d'une toque de velours, comme Raphaël, comme Rembrandt, comme Richard Wagner, devient plus qu'une belle tête. Les yeux brillent du feu de l'inspiration, les lèvres s'entr'ouvrent en un sourire d'extase ; sur le front, les cheveux se redressent, tels qu'une flamme, et alors apparaît dans toute sa splendeur le grand artiste !

EPENDANT, de méchantes gens disent qu'il ne faut pas un bien grand talent pour repeindre le bout du nez à des statues de bois, comme aussi il ne suffit pas d'ignorer les lois de la perspective et de dessiner gauchement pour faire des tableaux comme les primitifs. Ils disent encore que ce beau désordre est apprêté, que les plis de cette riche tapisserie qui retombent sur le dossier d'un fauteuil sont arrangés pour jouer le pittoresque, que les dessins épars sur le parquet sont semés avec une négligence affectée, que la mèche en flamme, même la toque à la Rembrandt, tout ça c'est de la pose, et que les vrais grands artistes n'ont pas de ces prétentions ridicules. Décidément, nous vivons dans un siècle où l'on ne croit plus à rien !

LA LEÇON DE PIANO

 ÉMOL, le quatrième doigt ! C'est faux ! Monseigneur ne surveille pas assez son quatrième doigt ; nous allons recommencer.

Hélas ! il en était ainsi tous les jours ; depuis bien des années, ce doigt rebelle n'en faisait jamais d'autres ; il était incorrigible.

Dans les premiers temps, le bon prélat mettait cela sur le compte de la mauvaise fabrication des pianos ; aussi, après en avoir essayé de tous les facteurs de l'univers, s'était-il décidé à en faire exécuter un exprès pour lui.

Richissime et mélomane, il donna carte blanche, et, pour la bagatelle de vingt-cinq mille francs, on lui livra une merveille de luxe et d'élégance qui, en outre, était comme instrument la perfection absolue.

Ce chef-d'œuvre fut religieusement installé, non pas dans les salons d'apparat, mais dans une salle retirée, loin de tout bruit, et où tout fut combiné pour rendre le travail facile et agréable. Pas de tapis sur le parquet, afin que la sonorité fût plus belle ; sur les murs, au contraire, de lourdes tapisseries, pour étouffer les vibrations et supprimer toute espèce d'échos. La fenêtre ne laissait passer qu'un jour tamisé par des stores de soie aux transparences opalines ; les meubles, les vases et les fleurs même qui les ornaient étaient de nuances discrètes ; de plus, un paravent large et haut entourait le maître et le disciple.

Rien ne pouvait donc distraire ni l'œil ni l'oreille ; et cependant Monseigneur ne faisait pas le moindre progrès. C'était toujours ce malencontreux quatrième doigt qui gâtait tout.

Ne pouvant plus s'en prendre au piano, le malheureux élève s'en prit au professeur. Il en changea ; il en prit des vieux, des jeunes, des doux et des exaltés : rien n'y fit. Il avait même autorisé le dernier à le corriger sévèrement. « Frappez, monsieur l'abbé ! n'hésitez pas ! frappez le coupable quand il bronchera ! » Supplice inutile : le pauvre quatrième doigt bronchait toujours.

Ce n'était cependant pas faute de soins pour ce doigt ; toute la maison en était occupée. Le pharmacien lui confectionnait des pommades adoucissantes, ou lui faisait prendre des bains fortifiants. On avait même essayé un massage spécial pour le doigt.

Rien n'a réussi ; le doigt est resté indocile, et chaque soir, après sa prière, Monseigneur ajoute : « Mon Dieu ! vous dont le doigt tout-puissant se retrouve dans tout l'univers, prêtez-le-moi pour ma leçon de demain ! »

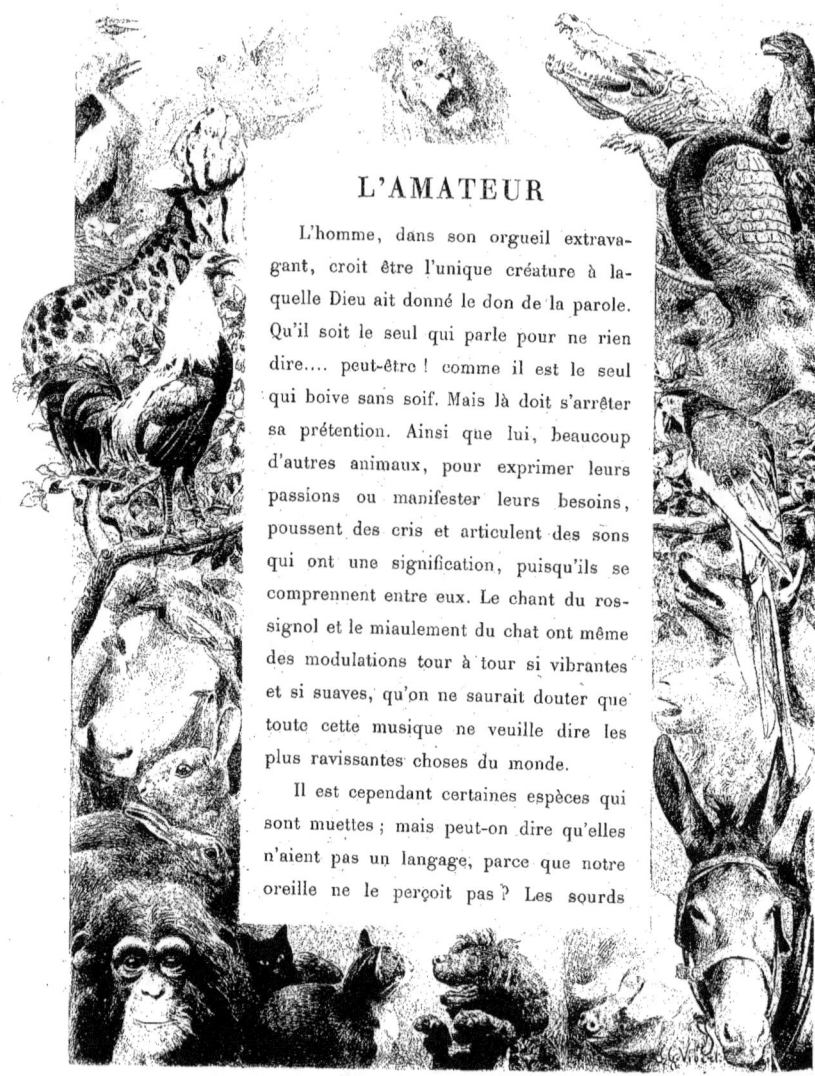

L'AMATEUR

L'homme, dans son orgueil extrava-
gant, croit être l'unique créature à laquelle Dieu ait donné le don de la parole.
Qu'il soit le seul qui parle pour ne rien
dire.... peut-être ! comme il est le seul
qui boive sans soif. Mais là doit s'arrêter
sa prétention. Ainsi que lui, beaucoup
d'autres animaux, pour exprimer leurs
passions ou manifester leurs besoins,
poussent des cris et articulent des sons
qui ont une signification, puisqu'ils se
comprennent entre eux. Le chant du ros-
signol et le miaulement du chat ont même
des modulations tour à tour si vibrantes
et si suaves, qu'on ne saurait douter que
toute cette musique ne veuille dire les
plus ravissantes choses du monde.

Il est cependant certaines espèces qui
sont muettes ; mais peut-on dire qu'elles
n'aient pas un langage, parce que notre
oreille ne le perçoit pas ? Les sourds

n'entendent-ils pas avec les yeux ? Les aveugles ne voient-ils pas avec les doigts ? Peut-on nier, par exemple, que les fourmis qui se rencontrent et les poissons qui se croisent ne se disent quelque chose ? Évidemment, non. A voir les allées et venues des abeilles autour de la ruche ; l'affairement des fourmilières ; les manœuvres des goujons qui nagent à la queue leu leu, se réunissent en cercle, nez à nez, puis instantanément se dispersent ; on est forcé d'admettre que tous ces gens-là obéissent à des ordres et se communiquent leurs pensées.

Alors, pourquoi les choses inanimées n'auraient-elles pas aussi la faculté de se comprendre entre elles ? Elles ont pour correspondre les voix mystérieuses de la nature : le fracas du tonnerre qui roule et gronde dans les échos des montagnes lointaines ; les roseaux qui chuchotent, balancés par la brise ; le murmure du ruisseau qui babille ; les feuilles qui bruissent au souffle du zéphyr.

Les fleurs s'envoient réciproquement en message, sur les ailes du vent qui passe, leurs enivrants parfums, et les nénuphars au cœur d'or ont pour courrier les feux follets qui, la nuit, dansent au-dessus des marais. Et encore, quand tout dort dans le silence et l'obscurité, que tous nos sens ne perçoivent plus rien, n'avons-nous pas la prescience que des fluides se croisent dans l'espace et que des pensées passent, que nous ne pouvons saisir ? Comment le baromètre saurait-il que s'avance l'orage ? Comment les fleurs qui s'ouvrent à heure fixe le pourraient-elles faire, les jours sans soleil et les

nuits sans étoiles ? Comment l'aimant saurait-il qu'il s'approche du fer ? Qui donc a dit à la branche de coudrier : « C'est là qu'est la source souterraine », au pollen emporté par le vent : « Arrête-toi, voici le calice où tu germeras. »

Aussi, quand le poète nous raconte ce que le loup dit à l'agneau, ce que le chêne dit au roseau, qui donc oserait lui répondre : « Tu mens ! ce n'est pas vrai ! »

Or donc, un jour, le rayon de soleil passant à travers les lames de la persienne vint, à son heure coutumière, se poser à sa place habituelle, sur la bordure de la vieille tapisserie.

« Bonjour, ami soleil ! dit celle-ci, que cette visite avait rendue toute radieuse ; quelle nouvelle apportez ?

— Vous savez le proverbe, chère belle : Rien de nouveau sous le soleil ! Mais que vois-je ? Monseigneur qui peint ? Que fait-il ?

— Il copie la mer et les rochers. Est-ce donc si mal peint, que vous ne puissiez les reconnaître ?

— Je ne sais. D'où je suis, je ne peux voir son étude. Elle m'est cachée par un de vos plis. Dame de haute lice, soyez fière : vous éclipsez le soleil !

— J'en demande pardon à Votre Majesté ; mais qu'elle daigne s'avancer un peu, car, hélas ! je ne saurais bouger de moi-même : je suis inerte, de par le sort.

— Pas plus que moi, Phébus, je ne puis hâter ma course. C'est ainsi que les dieux mêmes doivent se soumettre aux lois qui régissent l'univers. Mais, patience ! pour avancer lentement, je n'en marche pas moins, et, tout à l'heure, je pourrai contempler le chef-d'œuvre du maître. En attendant, je le vois, lui. Il a l'air bien satisfait !

— Dites qu'il est dans l'ivresse du triomphe. Voyez son bonnet en arrière, sa pèlerine de travers, ses penchements de tête, ses clignements d'yeux, son sourire béat : il faut vraiment que l'art procure de bien grandes jouissances pour transformer ainsi un homme ordinairement si froid et si réservé. Je ne l'avais pas encore vu, depuis sa naissance, aussi complètement heureux.

— Ah ! que vous piquez ma curiosité ! reprit le rayon toujours caché dans le creux de son pli. Vraiment, ce qu'il fait est-il donc si superbe ?

— Pour juger de la peinture, je m'avoue incompétente. D'abord, je ne suis qu'une tapisserie, et, encore, bien vieille, bien usée. Mes couleurs sont si passées, que j'ai tendance à trouver les autres trop criardes. Aussi, les goûts ont-ils bien changé

92

depuis l'époque de ma jeunesse où je faisais florès dans les Flandres. Pendant des siècles, les arts ont marché : je ne saurais dire si c'est en avant ou à reculons. Mais ce qui est certain, c'est que les jeunes artistes ne respectent plus ce qu'on adorait de mon temps. Or, Monseigneur est de la toute dernière école : les éclatistes, qui ne peignent qu'avec des couleurs intenses, sans jamais consentir à rompre aucun ton.

— Ah ! oui, j'en ai entendu parler. Il paraît que le chef de cette école est malade d'une ophtalmie attrapée devant ses tableaux. Je comprends que vos délicatesses de nuances soient offusquées de ce nouveau genre. Cependant, il a peut-être du bon.

— Aussi ne suis-je pas fâchée qu'Apollon lui-même, le dieu des arts, me donne son avis sur la valeur artistique de Son Éminence. Dans un instant, vous aurez dépassé ce pli malencontreux et vous pourrez voir. Au moins, vous, on ne vous éblouira pas facilement.

— Mais, en attendant, expliquez-moi donc comment il se fait que votre Monseigneur soit peintre, sans que je m'en sois jamais aperçu.

— C'est qu'il travaille dans un salon orienté au nord, où vous ne pénétrez jamais. Vous auriez pu le rencontrer dans le parc avec son attirail de paysagiste ;

mais alors, il est toujours abrité sous un grand parasol qui intercepte vos rayons. »

Après un court silence, soudain Phébus s'écria : « Je vois ! » Et il disparut comme l'éclair.

AMOROSO

Un jour, la Musique et l'Amour, voyageant ensemble à travers l'espace, disputaient violemment. Il s'agissait de savoir lequel des deux avait le plus de puissance sur les pauvres humains. Comme dernier argument, Cupidon disait :

« Mon influence est tellement supérieure à la vôtre, que c'est moi qui inspire aux maîtres les plus belles mélodies dont vous vous enorgueillissez.

— J'en conviens, reprit la déesse de l'harmonie ; mais ces maîtres sont des musiciens que j'ai initiés d'abord aux secrets de l'art. Vous ne venez qu'en second, monsieur l'inspirateur. Tandis que moi, je peux, sans votre concours, inspirer l'amour, même à l'âme qui l'ignore.

— Oh ! oh ! je voudrais voir cela ! répliqua le fils de Vénus, blessé dans son amour-propre.

— Eh bien, vous l'allez voir, pas plus tard qu'à l'instant. Nous passons, en ce moment, au-dessus du palais d'un riche prélat de mes amis, et, si mon oreille ne me trompe, j'entends le son des instruments ; on est en plein concert. Nous n'avons qu'à descendre par le chemin des fées, c'est-à-dire par la cheminée ; dans cinq minutes, vous serez convaincu de ma puissance. »

En une seconde, les deux invisibles étaient installés sur le bord du foyer dans le salon somptueux de Monseigneur.

« Voyez, dit la Musique, on entame justement l'*andante amoroso*. Aucun de tous ces virtuoses ne vous appartient, j'aime à le croire, monsieur l'Amour ; nous pouvons même dire bien haut que vous leur êtes à tous complètement inconnu.

— En effet, chère Musique, j'ai le devoir de constater leur sainte ignorance.

— Eh bien, regardez, petit incrédule, et suivez la transformation de leur visage sous l'influence des sentiments que je fais naître dans leur âme. Voyez ces yeux en extase, ces bouches qu'entr'ouvre un sourire, et dites si jamais amoureux qui soupire peut avoir une physionomie plus expressive.

— Allons, j'en conviens, je suis vaincu ! dit le petit dieu malin. Moi, l'Amour, je n'aurais pas fait mieux. »

A ce moment, une voix sortant de la bûche enflammée qui brûlait dans l'âtre vint se mêler à la conversation.

« Pardon, mes chers amis, de vous désillusionner ; mais vous vous trompez tous les deux sur le compte de ces braves gens. Ce qu'ils pensent, moi qui les connais, je vais vous le dire. Le premier, le gros en velours violet, tout près de nous, est un saint homme, naïf et bon, que la musique n'influence qu'au point de vue religieux ; ce qu'il voit dans son extase, c'est la bonne Vierge, entourée de chérubins, et ce qu'il entend, c'est la voix des anges.

« Le second, plus loin, en soutane de moire violette, avec un rabat noir, qui se dandine en battant la mesure, est un Français ; il ne comprend pas la musique sans la danse ; le rythme seul le touche. En ce moment, il pense à Auber.

« Laissons de côté les moines qui jouent du violon dans le fond ; ceux-là sont des musiciens sérieux qui jouent par ordre et ne se permettraient pas d'avoir une autre expression que celle qui est écrite sur leur cahier de musique.

« Laissons aussi le malheureux attardé qui tient la basse au piano, et n'a d'autre préoccupation que d'arriver à temps avec son accord. Arrivons tout de suite au maëstro vêtu de rose qui jongle avec des doigts d'ivoire sur les cordes sonores de sa harpe d'or. Il a été jeune et beau, et croit l'être encore comme autrefois, quand, simple petit abbé de cour, il touchait de la harpe, accompagné sur le clavecin par les dames d'honneur de la reine. Ses cheveux blonds tombaient ainsi autour de son visage, ses grands yeux noirs s'élevaient ainsi vers le ciel, et de ses lèvres entr'ouvertes, comme pour la prière, s'envolait la mélodie doucement murmurée comme un chant discret qui s'échapperait du cœur. Ainsi se cambrait son buste noblement rejeté en arrière ; ainsi le bout de son pied, jeté en avant, pressait les pédales dociles qui font les *forte* de tonnerre et les *pianissimo* des doux échos lointains. Voilà les pensées qui l'animent, et tout ce qu'aujourd'hui la musique lui inspire, c'est le souvenir d'autrefois.

« Quant au cardinal, orné d'une superbe barbe noire, qui se pâme sur son bémol, il s'est longtemps occupé de missions diplomatiques dans les pays orientaux. A-t-il entendu parler du paradis de Mahomet ? C'est probable. S'en souvient-il ? C'est possible. Mais, en tout cas, cela ne ressemblerait guère au grand sentiment que vous prétendez lui inspirer, madame la Musique.

— Taisez-vous ! reprit celle-ci, un peu vexée; vous raisonnez, ma chère, comme une bûche que vous êtes, et je vous trouve bien impudente de prétendre lire dans les âmes mieux que moi, qui suis d'essence divine.

— Tout beau , madame la Déesse, exclama la bûche qui s'enflammait tout à fait, vous devez être honorée que je condescende à discuter avec vous. Sachez que je suis le Génie du feu, l'unique dieu qu'adorèrent les premiers hommes.

— Recevez toutes mes excuses, seigneur Génie ; et, puisque nous discutons, regardez le dernier de vos personnages, celui dont la pantomime est si expressive, là-bas, tout au fond du salon. Vous ne nierez pas qu'au moins celui-là ne soit sous le charme ?

— Ah ! oui, parlons-en ! dit la bûche en pétillant de rire. Il est sourd comme un pot, et, comme il ne veut pas en convenir, il exagère les marques de l'admiration, pour faire croire qu'il entend quelque chose.

— Alors, dit la Musique avec amertume, je suis entièrement battue. Néanmoins, je regrette bien qu'un peintre ne puisse voir cette scène et la reproduire exactement; je serais alors curieuse de savoir si le public ratifierait votre opinion.

— Eh bien, il est en ma puissance de vous satisfaire. Je ferai peindre ce tableau par un artiste que je ne veux pas qualifier de célèbre, eu égard à sa modestie, et nous ferons l'expérience que vous désirez.

— Bravo, mon cher Génie ! J'accepte votre proposition avec empressement. Vous verrez que celui qui possédera ce tableau sera convaincu que tous ces prélats, en jouant cet *amoroso*, sont sous l'empire du sentiment d'amour que je leur ai inspiré.

— L'amateur qui possédera ce tableau, reprit le Génie, sera certainement un homme d'intelligence et de goût qui verra tout de suite le côté humoristique de l'œuvre, qui en saisira les moindres finesses et qui sourira, j'en suis sûr, de l'excès de ces prétentions musicales.

— Soit ! nous verrons qui triomphera.

— Nous verrons ! A bientôt donc, je l'espère, le plaisir de nous revoir !»

Et sur ces derniers mots, les trois esprits disparurent avec la fumée bleue des derniers tisons.

LIVRE QUINZIÈME

EN BRETAGNE

L'ANTICHAMBRE DE L'ÉVÊCHÉ

QUE MONSEIGNEUR EST BEAU !

LA RIVIÈRE BRETONNE

L'ENTRÉE EN MÉNAGE

L'AVEU

L'ANTICHAMBRE DE L'ÉVÊCHÉ

La scène se passe près de la grille du calorifère ; des sabots, des socques et des galoches forment le cercle. Au second plan, un porte-parapluie garni de ses hôtes plus ou moins ruisselants.

Le vieux parquet de chêne est maculé de traces boueuses ; il doit faire dehors un temps épouvantable !

Tout le petit monde des chaussures est en grande conversation.

LES GROS SABOTS

Jarnigueu ! qu'i' fait chaud ! la paille nous en fume !

LES SOCQUES

Ça vous séchera, gros nigauds !

LES GROS SABOTS

Justement ! si j'étions pas mouillés, j'aurions pas peur du feu ! Pour sûr que j' sons capables d'en éclater !

LES SOCQUES

Il n'y a pas de danger ! vous êtes blindés comme les navires de guerre ; et quand même, ce n'est pas une petite fente qui vous déparera !

LES GROS SABOTS

J' craignons pas pour not' beauté, m'sieurs les Socques ; j'ons pas besoin de plaire, je l' savons ; mais pour not' valeur ! Une fente, c'est une tare, et not' maît' n'a que nous.

LES SOCQUES

Alors, il ne fallait pas qu'il vous mette si en avant !

LES GROS SABOTS

Y n' nous y a pas mis, le cher homme ; il a trop soin de nous ! C'est un grand larbin qui nous a bousculés en passant.

LES SOCQUES

Enfin, cela n'est pas notre faute, nous n'y pouvons rien ; prenez votre mal en patience, et laissez-nous causer tranquillement.

LES GROS SABOTS

Ah ! parbleu ! les malheurs du prolétaire n'apitoient pas les riches, comme dit not' député. Vous êtes venus en voiture, vous ; m'ame la marquise ne laisserait pas sa première femme de chambre marcher à pied par un temps pareil. Si vous étiez trempés comme nous, vous auriez autrement peur de vous racornir.

LES GALOCHES

Allons ! allons ! du calme ! vous oubliez où vous êtes, pour vous chamailler ainsi.

LES GROS SABOTS

Pardon, excuses, m'ames Galoches ! mais vous qui chaussez l'juge d'paix, vous me rendrez bien justice que c'est ces petits freluquets qu'ont commencé.

LES SOCQUES

Ah ! le voilà bien, « le pauv' peuple » ! Ça prend toute la place, ça dégage une odeur d'écurie insupportable, et ça insulte le monde ! J'en prends à témoin les sabots de l'épicière, qui sont là.

LES PETITS SABOTS

Oh ! nous, nous sommes de la bourgeoisie, et nous ne voudrions pas prendre parti dans la querelle entre les paysans et la noblesse ; cependant, nous tenons au respect du clergé et pensons, comme ces dames les Galoches, que cette discussion est ici tout au moins déplacée.

LES GALOCHES

Vous parlez comme à l'Académie, messieurs les sabots du tiers état ; la cause est entendue. Nous condamnons les plaideurs à parler d'autre chose ; et, pour vous y inciter, savez-vous la grande nouvelle ?

TOUS

Non ! non !

LES GALOCHES

Eh bien.... on le dit du moins !... Monseigneur va peut-être changer sa gouvernante.

LES SOCQUES

Allons donc ! que dites-vous là ? Une fille si sérieuse, si dévouée, si bien pensante ! la filleule de madame la marquise, que celle-ci avait donnée à Son Éminence comme une perle ! Ah ! ça va faire du bruit dans Landerneau !

LES PETITS SABOTS

Tout le commerce la regrettera. Notre maîtresse, qui fournit l'épicerie de l'évêché depuis si longtemps, et qui est justement venue aujourd'hui pour sa note, ne tarissait pas d'éloges sur son compte. Est-ce que Monseigneur aurait douté de son honnêteté ?

LES GALOCHES

On ne dit pas cela.

LES SOCQUES

Alors, qu'est-ce qu'on dit ? Car, enfin, il faut un motif.

LES GROS SABOTS

Pour sûr, qu'y en a un motif ! Mais Monseigneur n'est pas forcé de le crier sur les toits ; quand j' voulons nous défaire d'une vache, j'avons pas besoin de dire pourquoi.

LES PETITS SABOTS

Pardon ! les vaches n'ont pas d'honneur à sauvegarder !

LES GALOCHES

Oh ! il ne s'agit pas d'honneur ; la gouvernante de Monseigneur est au-dessus de toute médisance sous ce rapport.

LES SOCQUES

Mais alors, quoi ? quoi ? On ne renvoie pas la filleule d'une marquise comme une vulgaire servante.

LES GROS SABOTS

Une filleule de marquise, c'est donc pas une fille comme les autres ? Tous les hommes sont z'égaux, comme dit not' député.

LES PETITS SABOTS

Eh bien, si on renvoyait ainsi la fille de votre maître, qu'est-ce qu'il dirait ?

LES GROS SABOTS

I' ne dirait rien, le pauvre homme : i' n'en a pas !

LES SOCQUES

Allons, trêve de sornettes ! Je demande que l'on éclaircisse ce mystère. Il n'est pas possible que des galoches de justice se fassent l'écho d'un pareil scandale sans en savoir plus long.

104

LES GALOCHES

Je croyais, au contraire, que vous pourriez plutôt nous donner des renseignements, car, en vous voyant ici, j'ai pensé tout de suite que madame la marquise était au courant de ce que vous appelez ce scandale et qu'elle avait, à ce sujet, chargé sa caमériste d'une commission pour Monseigneur.

LES SOCQUES

Vous pouvez être sûres que, si l'on avait parlé de cette affaire au château, nous le saurions. Eh bien, nous jurons sur ce qu'il y a de plus sacré qu'on ne s'y doute même pas qu'il en soit question ; et, si vous tenez à savoir pourquoi nous sommes venus, c'était justement pour demander à la gouvernante (tellement on ignorait sa disgrâce) le petit rapport hebdomadaire qu'elle fait à madame la marquise sur la santé de son maître, son état d'esprit, comme sur tous les autres soins de sa gérance.

LES GROS SABOTS

Son rapport de police, quoi ! comme on dit au café du *Lion d'or*.

LES SOCQUES

Mais certainement, pour sa sauvegarde, à ce pauvre cher homme ! Toujours à lire ou à écrire, est-ce qu'il pourrait s'occuper de sa maison et prendre soin de lui-même ? Madame la marquise, qui lui a choisi une gouvernante, a le devoir de la tenir sous sa surveillance.

LES GALOCHES, *un peu ironiques.*

C'est ce qu'au palais on appellerait « exercer les droits de tutelle ».

LES PETITS SABOTS, *d'un air pincé.*

Enfin, ce que nous nommons, dans le commerce, un conseil d'administration.

LES SOCQUES, *visiblement froissés.*

Nous n'avons cure de ce qui se dit dans vos arrière-boutiques, pas plus que des propos de cabaret et de l'opinion des gratte-papier. Si madame la marquise, par le moyen qu'il lui plaît, a su prendre une certaine influence sur l'esprit de Monseigneur, c'est pour le bien de l'Église et dans l'intérêt de la noblesse.

LES GROS SABOTS

M'est avis que Monseigneur n'aurait besoin, pour tenir son ménage, que d'une bonne servante solide et travailleuse ; pour ce qui est du bien de l'Église, i' pourrait y suffire tout seul et il aurait plutôt à protéger les pauv'es fermiers que leurs propriétaires. La religion est pour le peuple, comme dit not' député.

LES PETITS SABOTS

Permettez, la religion est pour tout le monde. (*Avec aigreur.*) Du moins le pense-t-on dans nos arrière-boutiques. La bourgeoisie, le clergé, la noblesse sont trois puissances. Si deux d'entre elles font alliance offensive, la troisième pourra bien chercher un appui dans le quatrième état, cette armée des meurt-de-faim qui n'attend que des armes.

LES GALOCHES, *avec admiration.*

Vous parlez comme Mirabeau lui-même ; mais, puisque la cause est appelée et que les parties prennent leurs conclusions, je demande à plaider à mon tour. (*Avec emphase.*) Entendues les revendications de l'agriculture ainsi que les doléances du commerce outragés tous les deux, et attendu que la magistrature, attaquée par l'épithète de gratte-papier, a le droit de présenter sa défense, plaise au tribunal de nous admettre aux débats, et ce sera justice. Nous ne remonterons pas jusqu'au premier homme, ni même jusqu'au déluge ; nous demandons à nous reporter seulement à deux siècles en arrière, quand Louis XIV fit construire pour le gouverneur militaire ce palais, où, depuis la Restauration, s'est installé l'évêché. A l'époque du grand roi, sur toute la façade, s'étendait une longue galerie, dite la galerie des Batailles, depuis tronçonnée pour être affectée à différents usages. Quand Monseigneur prit possession de son siège épiscopal, il s'installa dans cet appartement et fit sa bibliothèque d'un des tronçons restés intacts. Or, dans cette vaste salle, dont les grandes fenêtres fermaient mal, il prit froid sans doute et ressentit les premières atteintes de la goutte. La gouvernante que madame la marquise venait de mettre à son service lui prodiguait des soins assidus, jusqu'à venir d'heure en heure lui donner sa cuillerée de potion. Rien n'y fit. C'est alors que madame la marquise, décidant qu'il devait changer de local, le fit installer dans l'aile du palais où se trouvaient les bureaux de l'administration.

LES SOCQUES

Et qu'elle se donna la peine de faire meubler, par son propre tapissier, au dernier goût du jour, et avec toute la richesse et le confortable que comportent le rang et la fortune de Monseigneur.

LES GALOCHES, *d'une voix perçante.*
Silence !

LES PETITS SABOTS

On a bien pu penser aussi que les assemblées de charité dont elle est présidente, et qui se réunissent dans les appartements privés de l'évêque, n'étaient pas convenablement placées dans ce local, encore décoré d'attributs guerriers et de peintures légères.

LES GALOCHES, *de la même voix perçante.*

Silence ! (*Reprenant sa plaidoirie.*) Les motifs du déménagement n'importent pas à la cause ; il est de fait que les bureaux furent transportés dans les appartements laissés vacants, et la bibliothèque devint l'antichambre où nous sommes. L'on y voit encore les panneaux en bois sculptés et dorés représentant des trophées militaires.

LES GROS SABOTS

Ah ! oui bien, avec des casques à plume comme le sauvage d' la foire !

108

Silence ! (*Reprenant.*) Cependant, malgré ce changement de domicile, malgré les paravents, malgré tout, la goutte a persisté, et Monseigneur souffre toujours d'accès de plus en plus répétés et de plus en plus aigus. La multiplicité des soins qu'on lui prodigue en est-elle la cause, car l'excès en tout est un défaut, on ne le sait ; toujours est-il que l'humeur du pauvre patient s'aigrit sensiblement ; on en a la preuve. Le tribunal a remarqué, depuis quelque temps, dans les affaires qui ressortent de l'évêché, une résistance aux conseils de la justice et, dans un procès récent, un esprit d'antagonisme, que le caractère ordinairement conciliant de Monseigneur ne pouvait faire prévoir et que l'indulgence des magistrats a cru devoir attribuer, moins à Monseigneur lui-même, qu'à certaines influences, auxquelles on a pensé qu'il serait heureux qu'il pût se soustraire. Voilà ce qu'au palais se disent entre eux les gratte-papier !

LES SOCQUES

Alors, c'est un complot ! Tous contre un ! Rien ne nous étonne plus. Après tout, pour être dévoués à nos maîtres, nous ne sommes pas de la noblesse, et ce ne sont pas nos affaires ; mais nous serions curieux, tout de même, de savoir par qui vous allez remplacer la gouvernante que votre conjuration a condamnée.

LES GROS SABOTS

Ah ! ma fine, j' croyons qu' serait bien malin qui pourrait le dire ; mais ce qu'y a de sûr, c'est que ça les intrigue trétous ici. Depuis trois heures d'horloge qu'i' font attendre not' pauv' maître dans les bureaux, j'en ai vu passer et repasser, du monde affairé ! les larbins, les secrétaires, les diacres, les vicaires ; qu'on dirait une ruche qu'a perdu sa reine ! Et puis, on les voit qui causent tout bas, en mystère, dans tous les coins ; et y a des curieux qui écoutent derrière tous les guichets. Ah ben ! pour ça, oui, qu'y en a du grabuge ! Mais le fin mot est toujours sous le boisseau. Tenez, en voilà encore des nouveaux qui s'amènent. Ah ! mais, c'est la Maria, la fille à la mère Yvonne, dans ses plus beaux habits.

LES PETITS SABOTS

Est-ce que ce serait une prétendante ?

LES GROS SABOTS

Sans compter qu'on n' pourrait guère trouver mieux. C'est honnête, et puis c'est fort et courageux. C'est pas celle-là qui fera des manigances en rond autour de son maître !

109

LES SOCQUES

Ah ! ma foi, on serait bien tombé ! Elle a l'air d'une dinde ! Nous nous figurons cette grosse paysanne préparant les médicaments, et donnant ces soins délicats qu'exige la santé de Monseigneur !

LES GROS SABOTS

Mais elle sait bien faire la tisane comme une autre, et la panade, et le lait de poule, et....

LES PETITS SABOTS, *interrompant.*

C'est peut-être pour ça qu'elle en a apporté une.

LES SOCQUES, *riant.*

C'est son cadeau de bienvenue. Ça fera bien dans le grand salon d'apparat.

LES PETITS SABOTS

C'est du reste une jolie poulette, blanche immaculée. (*D'un ton malicieux.*) C'est peut-

110

être un emblème qu'on lui a mis dans les mains comme aux statues, pour indiquer son état d'âme.

LES GALOCHES

Tiens ! voilà le frère Ignace, l'âme damnée des Jésuites. Celui-là, si on lui mettait un attribut, ce serait un masque : il a le génie de l'intrigue !

LES GROS SABOTS

J'y voyons pas de masque ; mais il a une lettre dans le fond de son chapeau l' vient peut-être aussi pour l'affaire.

LES PETITS SABOTS

Ah bien ! si Monseigneur prend sa nouvelle gouvernante sur la recommandation de ces gens-là, nous sommes flambés ! Ce sera la mort du commerce. Jeûne à la table, jeûne à l'office, et encore, le peu que l'on consommera sera fourni par l'épicerie des missions coloniales.

LES GROS SABOTS

Et les légumes, par le jardin du couvent ! Ah ! mais, voilà un moine quêteur : le gros Père Pamphile, à c't' heure, avec sa bouteille. Il a toujours une bouteille et elle est toujours pleine, le veinard ! C'est vrai que les bonnes âmes à qui i' porte les consolations de la religion la lui remplissent. Ce qu'y a de curieux, c'est que nous, qui le rencontrons sur toutes les routes, je le voyons jamais porter ses consolations qu'aux endroits où y a des noces ou des baptêmes.

LES PETITS SABOTS

Tiens ! mais regardez donc ! Il s'est assis près de la paysanne, il aguiche la poulette, il entame une conversation.

LES GALOCHES

Oh ! il paraît que ça ne plaît pas au sieur Ignace, ces manières-là !... il fait une tête !...

LES GROS SABOTS, triomphants.

Mes enfants, ça y est ! Je connais le bonhomme, c'est un finaud qu'est toujours dans le bon vent et qui ne s'avance qu'à coup sûr ; s'i' cherche à se mettre bien avec la petite, au nez et à la barbe de l'Ignace, c'est que l'affaire est dans le sac ; i' doit savoir qu'elle est choisie. Vive Monseigneur ! la gouvernante sera du peuple !

(A ces mots, un grand bruit sec retentit. Les gros sabots venaient d'éclater, peut-être de joie.)

LES GALOCHES, sentencieusement.

La Roche tarpéienne est près du Capitole !

QUE MONSEIGNEUR EST BEAU !

Monseigneur Narcisse-Gabriel-Séraphin est un des plus beaux prélats de France ; le diable lui-même n'oserait le contester. Aussi, les mauvais esprits de son diocèse l'appellent-ils, par ironie, Monseigneur Chérubin. Ce surnom, soufflé par l'envieuse jalousie de quelque mal tourné de sacristie, ne fait cependant sourire personne ; au contraire, le souvenir qu'il évoque sied à merveille à ce gracieux visage, autour duquel la vieillesse a mis une auréole de cheveux blancs doux et fins comme le fil de la Vierge, mais où la jeunesse a laissé des yeux de clair azur et des lèvres de corail.

Les vieilles gens du pays qui ont vu naître Monseigneur se rappellent encore quel bel enfant c'était : un petit ange échappé d'un ciel de Murillo, joufflu et rose, avec des

cheveux blonds, comme la
moisson dorée et tout frisés en tire-
bouchon. Tel devait être le petit Jésus, quand
il s'était roulé dans les copeaux du bon saint
Joseph.

En sortant du séminaire, l'abbé Séraphin était encore
potelé, rose et blond comme un enfant ; mais quelle car-
rure ! le plus beau gars de toute la Bretagne. Aussi ne
resta-t-il pas au pays ; on avait besoin de lui ailleurs.
Après un court séjour au Vatican, il entreprit de lointains
voyages, et ce fut surtout dans les cours étrangères qu'il parcourut
sa longue carrière d'abbé.

Pendant ce temps, dans sa province, on racontait des choses étranges. Il était le
confesseur d'une tête couronnée. Il avait, comme diplomate, remporté des succès sans
précédents, auxquels sa beauté n'était pas étrangère. Que ne racontait-on pas ? En
somme, quand il revint enfin occuper le siège épiscopal dans sa ville natale, on ne
savait rien de précis sur son passé ; mais, en voyant les merveilles dont il avait
meublé le vieil hôtel de l'évêché, on continua de dire que seules des reines et des
princesses avaient pu donner d'aussi splendides cadeaux.

Aujourd'hui, Monseigneur Narcisse-Gabriel-Séraphin est encore rose et un peu
grassouillet ; mais il a conservé sa belle prestance. Quand il monte à l'autel, c'est
comme un long frisson qui court dans l'église ; les bonnes sœurs ont des expressions
de saintes en extase ; les vieilles dévotes se démènent dans leurs bancs ; elles
essuient leurs lunettes, montent sur leurs chaufferettes pour le mieux voir, et leurs
mâchoires tremblantes marmottent à l'unisson : « Sancta Maria, qu'il est beau ! »

Eh bien, oui, il est beau ! il est superbe ! Mais le saint homme n'en tire pas
vanité ; c'est en toute humilité qu'il porte cette beauté qui lui vient de Dieu, et, s'il
l'a conservée jusqu'à ce jour, c'est que Dieu l'a voulu. Il y a de méchantes langues

113

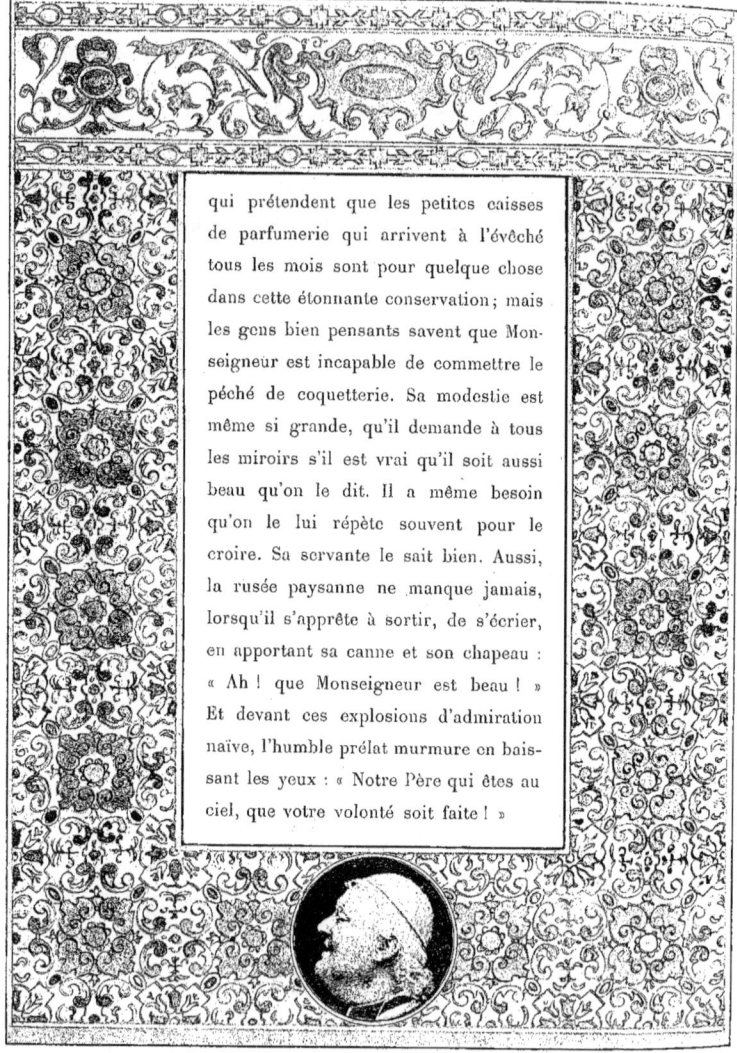

qui prétendent que les petites caisses de parfumerie qui arrivent à l'évêché tous les mois sont pour quelque chose dans cette étonnante conservation ; mais les gens bien pensants savent que Monseigneur est incapable de commettre le péché de coquetterie. Sa modestie est même si grande, qu'il demande à tous les miroirs s'il est vrai qu'il soit aussi beau qu'on le dit. Il a même besoin qu'on le lui répète souvent pour le croire. Sa servante le sait bien. Aussi, la rusée paysanne ne manque jamais, lorsqu'il s'apprête à sortir, de s'écrier, en apportant sa canne et son chapeau : « Ah ! que Monseigneur est beau ! » Et devant ces explosions d'admiration naïve, l'humble prélat murmure en baissant les yeux : « Notre Père qui êtes au ciel, que votre volonté soit faite ! »

114

Il est, dans le fond de la Bretagne, une rivière inconnue des géographes. Elle coule en silence, sous de grands arbres séculaires, dont les branches moussues et tordues s'entrelacent en un dôme de ramures sombres, touffues, enchevêtrées, d'où les lianes fleuries retombent en se courbant au fil de l'eau. La surface de cette rivière enchantée est si complètement couverte de plantes aquatiques que la barque voguant sous une voûte de verdure, où des oiseaux invisibles font un concert sans fin, semble glisser sur un tapis jonché de fleurs.

Le long des bords escarpés, on rencontre, là où les éboulis ont fait de petites plages accessibles, un abreuvoir, un embarcadère, un lavoir. Enfin, après avoir côtoyé le grand parc de l'archevêché, dont les terrasses baignent dans l'eau profonde, la rivière, traversant la ville, devient banale et se disperse dans les champs, morcelée en petits canaux pour les besoins de l'agriculture et de l'industrie. Si on la remonte, au bout de quelques lieues, elle cesse d'être navigable et se perd dans de vastes marécages. Ainsi, sans source et sans embouchure, sans naissance et sans mort, sa courte existence s'écoule, poétique et mystérieuse, sous l'ombre de la forêt, presque sans avoir vu le jour. Quel est son nom ?... On l'appelle la Fée !

Au pays superstitieux, cela suffit pour faire une mauvaise réputation, même à une rivière. Aussitôt le soleil couché, personne ne s'aventure sur ses bords. On y entend le rire strident des gnomes et le chant des lavandières de minuit qui font mourir le voyageur égaré sous les coups de leurs battoirs. Aussi, le vieux batelier, qui reconduit le soir les hôtes de l'archevêque, ne serait pas rassuré s'il ne savait que ses passagers peuvent faire de l'eau bénite, rien qu'en en puisant dans le creux de la main.

L'ENTRÉE EN MÉNAGE

Ils sont partis tous les gens de la noce, après une dernière tournée de cidre. Les jeunes mariés sont restés seuls, dans la chaumière héréditaire où il est né, lui, le beau gars de Quimperlé, Jean, fils de Pierre, fils d'Antoine.... et ainsi de suite, en remontant la lignée des propriétaires de la vieille demeure jusqu'à l'époque lointaine où l'un d'eux l'a bâtie. C'est là aussi que naîtront ses fils, petits-fils et arrière-petits-fils.... et ainsi de suite, en redescendant jusqu'à l'époque lointaine où l'un d'eux reconstruira la chaumière en ruine, avec les mêmes pierres, sur le même terrain.

Elle, une de Plouaré, est venue en carriole avec sa grande malle pleine de son trousseau, qu'on a étalé sur le banc. Les parents ont donné des pains de sucre, des paquets de chandelles et d'allumettes, des livres de savon, des sacs de sel. Aux poutres enfumées sont suspendus des chapelets d'oignons et de grosses vessies pleines de saindoux. Dans l'étable, à côté, on entend beugler les vaches, le porc grouine sous son toit. Au dehors, sur le fumier, les poules gloussent et les canards canquettent en barbottant dans la mare. Sur le chaume, les pigeons roucoulent.

Pour ces deux âmes naïves, avec toutes ces richesses et leur mutuel amour dont on ne saurait prévoir la fin, c'est le Paradis terrestre qui s'ouvre, comme autrefois il s'est ouvert pour Adam et Ève, avec cette heureuse différence qu'on y peut manger des pommes, et même en récolter.

« Et voilà not' vie qui commence, pas vrai, not' femme ?

— Mais oui, notre homme.

— Et nous allons travailler ensemble, et puis être bien heureux tous les deux ; jusqu'à ce qu'on soit trois !... Dam !... ça peut arriver.... Faut pas faire l'honteuse ! y a pas de quoi rougir !

— Ça n'est pas que la honte qui fait rougir, ça peut être le plaisir.

— Bien vrai ?... Alors, tu aimerais avoir beaucoup de petits ?... En veux-tu trois, quatre ?... Moi, j'en voudrais une ribambelle, qui vous saute autour, qui vous court, qui vous grimpe. Ça vous met du courage dans le cœur et du soleil dans la maison. Ça vous va-t-il, not' femme ?

— Ça ne m'effraie pas, notre homme. Nous étions douze chez nous, et j'en ai élevé la moitié ; aussi je suis prête à mettre dans notre âtre, la nuit de Noël, autant de paires de petits sabots qu'il plaira au ciel. »

Et voilà comment débutent toutes les histoires, qui se peuvent raconter ainsi : « Il était une fois un brave homme et une brave femme qui eurent beaucoup d'enfants. »

Cette première heure du ménage, si pleine de joies et d'espérance, Dieu la donne à tous les couples qui s'unissent ; même aux petits oiseaux qui se rencontrent sur la branche et se disent en leur gazouillement : « Nous avons les brins d'herbe des champs, nous avons du duvet, faisons un nid. » Quand la dernière heure du ménage est semblable à la première, c'est Philémon et Baucis, la plus sublime expression du bonheur sur la terre. Mais, hélas ! combien peu sont appelés à la connaître !

L'AVEU

Au temps jadis, il y avait un château magnifique ; entouré d'un parc, au fond duquel se trouvaient une chapelle consacrée à saint Hubert, et un pavillon consacré... aux rendez-vous galants ; alors que ducs et marquises, entichés de fêtes champêtres, dansaient sous la feuillée aux sons des violes et musettes. Mais, quand la Révolution, éclatant soudain au milieu de cette noblesse pastorale, dressa ses échafauds par toute la France, les coquettes bergères et les gentils pastoureaux s'envolèrent à tire-d'aile, émigrant au loin, comme des hirondelles.

Le parc fut morcelé, le château démoli de fond en comble, et, de ses pierres, on a construit un village ; l'ancienne chapelle en est devenue l'église et le pavillon le presbytère. L'avenir sortant des ruines du passé, comme dit, pompeusement, le maître d'école.

On pourrait lui répondre que, si c'est très bien d'utiliser les ruines, il est peut-être encore mieux de n'en pas faire ; mais ce serait discours philosophique, et tout ceci n'est que pour expliquer pourquoi nous voyons aujourd'hui M. le curé dîner dans un petit salon dont les lambris de bois sculpté sont ornés des attributs de Cupidon : flambeaux, flèches, colombes et guirlandes de roses.

Ce brave curé, lui aussi, dans sa prime jeunesse, a peut-être aimé la danse et les bergères, et même la lutte et les combats. A l'attitude des jambes et à de certaines poses arrondies, du bras, la main sur la cuisse, on retrouve les traces d'un ancien cavalier.

Tout cela n'empêche pas qu'il soit devenu un excellent et digne prêtre, comme le charmant pavillon est devenu un sévère presbytère.

Maintenant, dans sa verte vieillesse, entièrement dévoué à ses ouailles, il n'a d'autres soucis que ceux qu'elles lui donnent. Ah ! ce n'est pas une sinécure d'être le berger d'un pareil troupeau. Sermonner les coupables, dire les messes et vêpres, prêcher en chaire, faire le catéchisme, administrer tous les sacrements, sont soins ordinaires de son ministère ; mais il y a encore les disputes des gars, les discussions d'intérêt, les querelles de ménage, les cancans du lavoir, les sorts qu'on jette aux bestiaux, les mariages manqués, et bien d'autres choses.... Il faut apaiser, juger, arranger tout cela, et le pauvre homme n'y épargne ni la fatigue ni les paroles ; aussi, quand il rentre de sa tournée quotidienne, il a bien gagné l'heure de repos qu'il se donne.

Il dîne de ce que la Bretagne fournit pour rien : un homard, du fromage et des pommes. Devant lui, son livre ouvert, appuyé contre un bouquet de fleurs des champs ; sur le rebord de la fenêtre, dans une cage, ses petits canaris qui sifflotent en réponse aux oiseaux du voisinage ; sur le secrétaire, son ancienne perruche, muette et poussiéreuse, avec des yeux de verre. Tout ce qu'il peut encore aimer d'un amour terrestre est empaillé ou le doit être.

Quand apparaît, dans le cadre de la porte ouverte, une jeune fille.

« Tiens ! c'est toi, Jeanne-Marie ? dit le vénérable curé sans se déranger, entre donc un instant. Tu reviens du marché ? Tu as l'air bien fatigué. Assieds-toi. »

Celle qu'il venait de nommer prit, en effet, une chaise, déposa par terre son lourd panier recouvert de sa mante, et mit son grand parapluie debout, accoté à la table.

« Eh bien, reprit le curé sans lever le nez de dessus son assiette, tu ne dis rien ?...

C'est donc que tu en as gros à dire.... On va bien chez toi, au moins ? Tu ne me réponds pas ? »

Et, jetant un regard de côté, il se mit à étudier cette visiteuse muette.

Un peu renversée sur le dossier de sa chaise, les mains croisées sur la poitrine, la tête penchée et les yeux baissés, elle restait dans cette pose de chaste modestie, immobile et silencieuse comme une madone.

Après l'avoir contemplée un instant, le bon pasteur posa ses lunettes, et, relevant la tête, il reprit :

« Ah ! ça, mais c'est donc bien grave, cette affaire-là, qu'on n'en peut pas avoir le commencement ? Il va donc falloir que je devine ? »

La petite madone ne bronchait pas, mais elle devenait de plus en plus rouge ; on aurait dit une pêche qui mûrissait à vue d'œil.

Alors, faisant faire demi-conversion à sa chaise, le curé se retourna, face à elle, le visage étonné plus encore que sévère, et, la regardant fixement, il s'écria :

« Oh ! oh ! il paraît que c'est encore plus grave que cela ?... Hein ?... Sais-tu que ce silence obstiné finit par être un aveu, et sais-tu ce que j'en pense ? »

Et il le lui dit, ce qu'il en pensait.... oh ! tout au long !... Mais il le lui dit en breton.

LIVRE SEIZIÈME

LES PETITES MÉDISANCES

MYSTÈRE!

LE RETOUR DU DIPLOMATE

LES INDISCRETS

LA TIREUSE DE CARTES

LES POTINS DU VATICAN

LES NOUVELLES DU MATIN

MYSTÈRE !

Depuis quelque temps, don Bazilio était bien perplexe. Il avait l'intuition que quelque chose d'anormal se passait dans sa sphère ; un secret couvait, tout près de lui, qu'il ne pouvait découvrir, et il n'en dormait plus.

Ce n'est pas qu'il fût curieux, le saint homme ; mais il avait flairé dans l'air un fumet d'intrigue, et, comme un bon limier, instinctivement, il cherchait la piste.

Dans une vieille chanson, on dit : « En vérité, l'on saurait bien des choses si le bon Dieu faisait parler les roses. »

Les roses ne parlèrent pas à Bazilio, mais elles le mirent sur la voie. Voici comment.

Tous les matins, le jardinier vient enlever les fleurs des potiches et des corbeilles qui ornent les appartements, pour les remplacer par des fleurs nouvelles. Souvent Bazilio accompagne cet homme dans sa tournée (non pour inspecter, grand Dieu ! mais pour s'enivrer des doux parfums).

Or, au cours de ses dernières visites, il avait remarqué des dérangements et des vides dans les bouquets de la veille. Il eut alors l'idée d'en compter les fleurs (oh ! par pure fantaisie), et il acquit ainsi la certitude que,

125

tous les jours, il manquait environ deux douzaines de roses, des plus belles.... Qui donc osait les prendre ?

Monseigneur ne recevait justement personne depuis quelque temps ; peut-être même était-il souffrant, car il ne sortait plus qu'enveloppé dans son manteau, malgré que l'automne fût particulièrement très chaud.

« Il faudra que je l'examine avec soin, pensa Bazilio (oh ! par intérêt pour sa santé). Hier, il m'a semblé voir ses yeux animés par la fièvre ; ça ne saurait être excès de travail, car il ne m'a rien dicté depuis un mois. »

En effet, quand Monseigneur sortit ce jour-là, il fut examiné en conscience, de la tête aux pieds, de face, de profil et de dos.

Soudain, l'œil scrutateur du nouveau docteur, qui sondait les plis de ce manteau intempestif, aperçut... quoi ? des roses qui dépassaient le bord.

Ainsi, c'est lui-même qui les emporte ! Où ? Et pourquoi se cacher ? Il y a donc du danger ? Bazilio allait se perdre en conjectures ; mais la conscience du brave homme se réveilla et lui conseilla immédiatement, non pas de surveiller son maître, mais de se rendre compte de la nature du danger qu'il pouvait courir. C'est ce qu'il fit, le plus prudemment possible, du reste, suivant à distance respectueuse et se dissimulant du mieux qu'il pouvait.... La charité n'est-elle pas d'autant plus méritoire qu'elle reste cachée ?

Monseigneur s'enfonçait dans le parc par les allées les plus sombres, et bientôt il fut indubitable qu'il se dirigeait vers la chapelle de la Madone.

Bazilio se hâta de l'y précéder par un sentier détourné, et, se glissant le long des murs, il parvint jusqu'à un angle rentrant, à côté de la porte, d'où l'on pouvait voir et entendre. Il y resta blotti, le corps immobile, mais l'esprit inquiet.

« Ce n'est pas pour la Madone, pensait-il, que sont ces fleurs. Il y a longtemps que la Madone a été transportée dans la grande église et que cette chapelle est abandonnée. D'ailleurs, elle communique avec le château par une crypte souterraine (toujours fermée, il est vrai) ; mais, s'il veut y porter des roses, il pourrait bien faire ouvrir le passage, et je ne comprends pas ce long détour pour revenir à quelques pas de chez lui.... »

Lorsque Monseigneur fut arrivé, il tira de sa poche une clef qu'il introduisit dans la serrure. Puis, s'étant retourné, il promena autour de lui un regard inquisiteur, comme s'il eût craint d'avoir été suivi, et il entra, en refermant la porte derrière lui.

126

Bazilio demeura un instant désappointé devant l'huis clos qui renfermait le fameux secret ; mais, comprenant qu'en restant là plus longtemps, il pouvait être surpris et que, de toute façon, il n'en apprendrait pas davantage, il prit le parti de s'en aller en causant avec sa conscience.

« Ainsi, lui disait-il, nous savons qu'il fait tous les jours un bouquet dissimulé avec soin, qu'il le porte là en cachette, et qu'il l'y laisse, car il revient souvent son manteau sur le bras.... Alors, il faudrait donc supposer ?...

— Arrête, malheureux ! lui cria sa conscience, qui était une personne subtile et avisée. Ne suppose rien. La supposition est quelquefois le commencement de la médisance, qui est le plus terrible des péchés. Plus terrible que la calomnie ! Rappelle-toi ce que t'ont dit les bons Pères Jésuites qui t'ont fait ce que tu es : la calomnie est mensonge, et, lorsqu'elle tourne mal pour son auteur, celui-ci peut toujours la détruire en avouant qu'il a menti ; tandis que la médisance est vérité ; on peut regretter de l'avoir dite, mais on ne peut plus l'anéantir. Or, en supposant ce qu'on ne sait pas, on peut faire naître une calomnie ; mais on peut aussi tomber sur la vérité, et alors c'est la médisance avec toutes les calamités qu'elle peut entraîner.

Pense aussi à cet apologue du pot de terré et du pot de fer (qui, pour n'être pas d'un Père Jésuite, n'en est pas moins plein de bon sens), et félicite-toi de ne pas voyager plus longtemps en compagnie d'un secret qui te pourrait briser comme verre.

— Alors, dit Bazilio, tout ceci restera un mystère ?

— Parfaitement, reprit sa conscience, et un mystère est chose qu'un bon chrétien ne doit jamais essayer de comprendre. Si son intelligence lui en suggérait une explication plausible, il ne devrait même pas l'admettre. »

LE RETOUR DU DIPLOMATE

 N ce temps-là, la politique n'avait pas encore fait du Pape un prison-
nier volontaire enfermé dans l'enceinte du Vatican. Le Saint-Père
régnait en souverain maître sur les États de l'Église. Nombre de
prélats et de cardinaux gravitaient autour de la cour de Rome, et
ceux à qui leur fortune personnelle le permettait avaient, aux environs, des villas somptueuses, où ils recevaient princièrement.

On ne donnait plus, cependant, de ces fêtes extraordinaires, comme au temps des
Borgia. Les distractions étaient plus convenables. On faisait de la musique, et, surtout,
l'on causait. Or, de quoi peut-on causer entre gens qui se retrouvent tous les jours les
mêmes, si ce n'est du prochain ? Nonobstant, ne voulant ni calomnier ni gravement
médire, on se contentait des petites nouvelles et des anecdotes piquantes qui cou-
raient par la ville. Le succès était pour celui qui, ayant fait la plus ample récolte,
avait le plus à raconter, le soir, autour du foyer.

Mais, à ce jeu, le fonds commun s'épuisait vite, et, souvent, à peine le conteur
avait-il entamé son récit, que de tous côtés s'élevaient des protestations. « Nous la
connaissons ; voilà trois fois qu'on nous la recommence ! » Aussi, quand un voyageur arrivait, c'était un régal. Des nouvelles fraîches venant d'un milieu inexploré,
quelle aubaine !

Lors donc, un jour qu'un évêque, envoyé en mission diplomatique dans une cour
étrangère, devait revenir, voici le stratagème qu'employa un des plus intrépides
chasseurs de potins. Sa villa longeait la route de Rome. Il soudoya les gens du relais,
si bien que le diplomate se trouva sans chevaux, fort désappointé, et très heureux
d'accepter l'hospitalité que Son Éminence, qui se trouvait là par hasard, malgré la
pluie, lui offrait.

On regagna l'habitation par les jardins, et pendant le trajet, sous les deux parapluies, dans le tuyau de l'oreille, le diplomate versa toutes les confidences que son
hôte eut l'adresse de provoquer. Mais cela déplut fortement à Bazile, qui, chargé des
paquets de son maître, ruisselant sous l'averse, était obligé de s'arrêter respectueusement à quinze pas, chaque fois que les causeurs stationnaient. Il s'en plaignit à
l'office, et le truc du relais, remontant jusqu'aux oreilles éveillées des quêteurs de
nouvelles, fit le tour des villas si rapidement, que, lorsque Monseigneur racontait une
des histoires si adroitement cueillies au débotté, il y avait toujours quelqu'un pour
dire : « Ah ! encore une de dessous les parapluies ! »

LES INDISCRETS

Ls ont trouvé un paquet de lettres attachées par une faveur rose, et ces lettres qui doivent contenir des secrets qui ne leur appartiennent pas, ils les lisent sans scrupule, ils s'en amusent qui plus est, ils rient à cœur joie, et cela sans se cacher, à ciel ouvert. C'est honteux, abominable ! c'est d'un cynisme révoltant ! Voilà mon opinion. Ce sera celle de tous les honnêtes gens qui verront ce tableau.

Attendez donc, terrible philosophe, de connaître toute la vérité !

Une grande dame a déposé dans le tiroir secret d'un petit chiffonnier des lettres qui l'intéressent. A la suite d'une scène de ménage, elle a quitté son château pour retourner chez sa mère, sans avoir eu la possibilité de reprendre ses lettres. Or, dans l'une d'elles se trouve une phrase qui pourrait gravement compromettre de puissants personnages ; supposons même un secret d'État. La noble dame fait part de ses craintes au cardinal qui est le directeur de sa conscience, et celui-ci, jugeant la chose trop importante pour la confier à un étranger, se décide à agir lui-même. Il part donc accompagné d'un autre cardinal de ses amis, sous prétexte d'études à faire dans les archives d'un vieux monastère et de fouilles à entreprendre dans l'antique chapelle dont vous voyez le clocher là-bas, au sommet de cette colline.

Grâce à ces motifs scientifiques, ils se font offrir l'hospitalité dans le château, où ils ont bientôt trouvé le petit meuble, fait mouvoir le secret du tiroir et pris le paquet de lettres.

Il serait bien simple d'emporter toute cette correspondance et de la rendre à son inquiète propriétaire; mais il paraît que la seule lettre compromettante doit être soustraite, les autres devant rester à leur place, où on les fera découvrir plus tard par une personne intéressée, à l'aide d'une dénonciation anonyme, dans le but de.... afin que.... Oh ! la diplomatie des femmes !

Bref, il faut donc que cette susdite correspondance soit dépouillée sur place. Comme il y a des domestiques dans le château, des jardiniers dans le jardin, et que les murs même ont des oreilles, la galerie extérieure a donc semblé l'endroit le plus convenable pour ce genre de besogne, d'autant mieux qu'un des deux amis, se tenant au dehors de la balustrade, pourra voir de loin tout indiscret qui viendrait de droite ou de gauche.

Toutes les précautions étant prises, on peut agir sans crainte ; mais, pour découvrir la phrase importante, il faut tout lire, et vous savez bien, monsieur le philosophe,

131

que, lorsque l'on cherche un papier, c'est toujours celui-là que l'on trouve en dernier. Maintenant, si c'était un péché de rire quand on lit de drôles de choses ou que l'on vous en raconte, j'avouerais que ces deux prélats sont deux grands coupables ; mais je n'ai jamais ouï dire que la religion interdise la gaieté.

LA TIREUSE DE CARTES

Monseigneur s'est fait tirer les cartes par une bohémienne !... Voilà la dernière médisance qui circule dans toutes les arrière-boutiques de la ville, et, parmi les commères, au lavoir et au marché, les bavardages vont leur train.

« Oui, ma chère, on en est sûr ! On a vu la nécromancienne, enveloppée dans un grand manteau de velours sombre qui lui cachait la tête ; mais on apercevait dessous un peu de son turban d'or et ses babouches qui passaient. Elle est entrée par la porte de la tour, avec son frère, qui a l'air d'un sacripant, et sa mère, une vraie sorcière, portant un coffre, sans doute plein de serpents. Je vous demande un peu si c'est convenable, pour des gens d'église, de recevoir de pareils mécréants ! Autrefois, on les aurait brûlés vifs en place publique ; tandis que, maintenant, on les accueille partout, car ils ont été dans tous les châteaux des environs faire leurs manigances.

— On dit qu'elle est très belle, cette Égyptienne.

— Parbleu ! comme toutes les filles de Satan !

— Il paraît qu'elle dévoile des choses extraordinaires !

— Tiens ! quand on ose conter ce qu'on sait et ce qu'on ne sait pas, on peut en dire, des choses !

— Toujours est-il qu'elle prédit l'avenir.

— Ah ! oui ! On me l'a dit, la bonne aventure, dans le temps : « Vous serez riche « et heureuse. » Eh bien, j'ai perdu mon homme et je me suis cassé une jambe.

— Ça n'empêche qu'il y a de ses prédictions qui se sont déjà réalisées; par exemple la femme du notaire, qui est accouchée de trois jumeaux de sexes différents.

— Quoi ! tous les trois ?

— Vous avez beau vouloir rire, n'en est pas moins vrai que cette fille-là met la tête à l'envers à tout le monde, aussi bien chez les bourgeois que dans la noblesse.

— Et voilà maintenant qu'elle entame le clergé.

— Qui sait ? c'est peut-être pour en chasser le mauvais esprit, que Monseigneur l'a fait venir.

— Ah ! vous êtes naïve, ma chère; je vous dis que tout est renversé à présent. »

On n'en finirait pas, s'il fallait écrire par le menu ce qui se disait sur ce sujet; car, à la vérité, cette tireuse de cartes avait mis en rumeur toute une province.

Dans les plus petites paroisses, surgissaient des cas de conscience nouveaux auxquels les bons curés ne savaient que répondre. Était-ce péché d'avoir entendu la devineresse ? fallait-il brûler ce qu'elle avait touché ? devait-on croire à ses prophéties ? les pauvres pouvaient-ils accepter ses aumônes ?

Instinctivement, les gens bien pensants auraient répudié tout ce qui venait de cette magicienne ; mais ce qui rendait la chose délicate, c'est qu'elle était catholique et même pratiquante. On avait, à l'évêché, visé et contrôlé son acte de baptême.

Il est vrai que l'on pouvait blâmer la mise en scène trop orientale de ses séances; mais, enfin, un prestidigitateur, toléré et même invité en habit civil, serait-il excommunié pour s'être déguisé en Turc ? Un proverbe dit bien : « Dans le doute, abstiens-toi. » Cependant, personne n'en eut l'idée. Tout le monde voulait la voir, la consulter, quitte à demander ensuite si cela était permis.

Or, cette affaire avait pris une telle importance, que Monseigneur voulut se rendre compte par lui-même de la valeur morale du spectacle que donnait cette comédienne ; s'il y prit plaisir, nul ne le peut savoir. En tout cas, le faisant, il remplissait un devoir, et cela aurait dû suffire pour lui épargner la médisance.

134

LES POTINS DU VATICAN

A l'époque de la jeunesse, alors qu'ignorant presque tout on se croit apte à bien des choses, j'eus l'idée de me faire reporter, comme tant d'autres.

Hors donc, un beau matin, entreprenant ma première campagne, avec, en poche, le carnet et le crayon réglementaires, je pénètre, rempli d'espoir, dans le palais de.... Soyons discrets. En entrant sous le grand vestibule, encore désert, où tout à l'heure les visiteurs attendront leur tour d'audience, je suis saisi d'admiration.

Tout ce que de merveilleux artistes, employant les matières les plus précieuses, peuvent réaliser pour rendre une demeure somptueuse est réuni là. Colonnes de porphyre ; escalier, murs, dallages de marbres multicolores ; frises, frontons, cartouches, astragales, chargés de sculptures, rivalisent d'élégance, de richesse et de splendeur. Mais je n'en décrirai rien, ayant pour principe que, de l'âme humaine, il est seul intéressant d'écrire.... Soyons spécialistes.

On entend un bruit de pas qui s'approchent, le froufroutement d'étoffes soyeuses, et, dans l'embrasure d'une porte subitement ouverte, apparaît l'éclat fulgurant de deux taches : rouge et violette. Ce sont un cardinal et un évêque, en grands costumes de gala. De prestance noble et fière, ils s'avancent à pas comptés. Derrière eux, les longues queues des cappa, développant six aunes de moire ondoyante et chatoyante, s'allongent en rampant à travers l'échiquier rose et gris des dalles, comme les grands serpents qui suivent les charmeurs.... Soyons pittoresques ?

Arrivés au fond de la salle, près d'un banc, les deux prélats font un même demi-tour de gracieuse cérémonie, s'assoient côte à côte, arrangent des mêmes gestes élégants et féminins les plis enchevêtrés de leurs robes, d'un même mouvement de pied repoussant l'amoncellement soyeux de leurs traînes étalées devant eux, et, sans plus de souci de tout cet apparat, se mettent à causer, comme reprenant une conversation interrompue.

C'est ici le moment de tracer deux portraits, en style lapidaire.

Le premier, le cardinal, ne doit pas avoir l'âge qu'il paraît ; c'est plutôt un jeune vieillard qu'un vieux jeune. L'aspect est chafoin ; les cheveux, presque blancs,

broussailleux, trop longs, rappellent assez la crinière d'un lion de ménagerie. L'œil
est brillant ; les lèvres roses dessinent un sourire narquois. Le teint est frais,
la mine rusée. Les mains nerveuses, dont la peau fine laisse voir le bleu des

veines, tiennent la barrette de façon naïve et sans prétention. Cet homme doit être un savant quelque peu diplomate. Il porte au cou la croix d'Isabelle la Catholique et, suspendue à une grosse chaîne d'or, une croix épiscopale rehaussée d'énormes cabochons de rubis.... Soyons précis.

L'autre est plus jeune, brun, de type méridional. Peut-être aussi celui-là fait-il de la diplomatie à certaines heures ; mais ses yeux, ses lèvres, ses mains pleines, aux doigts fuselés, tout en lui semble affirmer que, pour tant diplomate que l'on soit, on n'en est pas moins homme. Ce beau prêtre est décoré de l'Aigle blanc de Pologne, fondé par Vladislas IV et approuvé par le pape Urbain VIII en 1634. Cet ordre, tombé ensuite en désuétude, fut restauré par Auguste II en 1705 et enfin réuni aux autres ordres de Russie par un ukase du 29 novembre 1831.... Soyons érudits.

Connaître les noms de ces deux personnages n'eût été qu'un jeu, même pour l'apprenti reporter que j'étais. Mais ce qui devenait intéressant, ce que mon devoir professionnel m'ordonnait de savoir à tout prix, c'était ce qu'ils disaient, d'autant plus qu'à en juger par leurs jeux de physionomie, cela devait être bien amusant. Histoires plaisantes ou mal du prochain ?... peut-être les deux !

Le banc sur lequel ils étaient assis était supporté par des pattes de sphinx à doubles griffes, et derrière eux, dans une niche, des couleuvres de marbre se tordaient enroulées au couvercle d'un vase dont une vigne sculptée enguirlandait la panse. En toute autre circonstance, j'aurais trouvé ces détails insignifiants. Mais mon imagination, surexcitée par une intense curiosité, se refusant à les admettre comme un effet du hasard, y cherchait un symbole. Le sphinx... les griffes... *in vino veritas...* les reptiles... m'apparaissaient comme les emblèmes de la médisance.... Soyons humoristiques.

Je ne pouvais, sans inconvenance, m'avancer vers les deux causeurs. L'eussé-je fait, d'ailleurs, qu'à mon approche ils se fussent tus, sans aucun doute. Au contraire, j'affectais de me tenir à l'écart tout au fond de la salle, et même, pour éviter tout soupçon, je regardais le long des murs, ayant l'air profondément plongé dans la contemplation des bas-reliefs et l'étude des inscriptions.

J'espérais me rapprocher insensiblement par ce manège, et j'arrivai ainsi, en marchant de côté comme un crabe, jusqu'à une grande vasque en onyx dont la décoration intérieure pouvait servir de prétexte à mon examen simulé.

A peine avais-je penché la tête au-dessus de cette cavité, que, ô miracle ! j'en-

137

tendis ces paroles : « Oui, Monseigneur, c'est comme j'ai l'honneur de vous le dire. — Allons donc ! pas possible ! Mais alors ?... »

Je compris tout de suite qu'il y avait là un phénomène d'écho comme il en existe des exemples déjà connus, et, sans en chercher l'explication scientifique, je m'empressai de profiter de l'aubaine.

La conversation continuait, et je percevais les voix aussi distinctement que si l'on chuchotait à mon oreille. Qu'allais-je apprendre ? Scandale de cour, secret d'État ou plus piquant encore.... quand, soudain, il y eut comme un tonnerre dans ma cuvette sonore et ces paroles retentirent sous les voûtes vibrantes : « Son Altesse attend Monseigneur ! » Je restai abasourdi, et, quand je me retournai, le banc était vide. Un grand homme vêtu de noir, avec au cou une longue chaîne d'argent, était en haut des marches, obséquieusement courbé, et, devant lui, je vis passer et disparaître les deux traînes ondoyantes et chatoyantes, rampant sur les dalles, comme les grands serpents qui suivent les charmeurs.

LES NOUVELLES DU MATIN

 Établi à Séville, où sa modeste boutique était le centre d'intrigues qui, pour si légères qu'elles fussent, n'en étaient pas moins déjà fort compliquées, Figaro, le plus gai, le plus rusé, le plus actif de tous les barbiers, ne se connaissait aucun parent. Enfant perdu ou volé, il n'avait gardé de son jeune âge que le souvenir d'une troupe de bohémiens avec lesquels il avait vécu. Le nom même qu'il portait ne l'avait été par personne avant lui ; ceci est acquis à l'histoire par les tentatives avortées des étymologistes, qui ne sont jamais parvenus à lui constituer une généalogie.

Si, plus tard, Beaumarchais, son parrain et son père intellectuel, qui l'avait créé de toutes pièces, éprouva le besoin, pour faciliter un dénouement de comédie, de lui trouver une famille espagnole, il n'en est pas moins Français d'origine et le restera éternellement par son esprit, du moins tant que durera la belle langue qu'il a si bien parlée.

Il est inutile de dépeindre Figaro ; tout le monde connaît sa silhouette élégante, avec son feutre blanc, sa résille et sa guitare en sautoir. Quant à l'être moral, ou immoral, comme d'aucuns le pensent, on le connaît aussi ; ses succès sont restés légendaires, malgré que certains de ses admirateurs blâment ses débuts tant soit peu révolutionnaires et que d'autres, au contraire, regrettent qu'il ait échangé son ancienne plume, prise à l'aile d'un oiseau, pour la plume de fer, qui ne fait bon service qu'à condition d'en bien dorer la pointe.

L'ancien barbier, chirurgien, apothicaire, vétérinaire, colporteur de nouvelles, dont notre héros fut le type absolu, étant, de nos jours, remplacé presque partout par l'élégant salon de coiffure, le pauvre Figaro est tombé dans le marasme, même en

Espagne. Il rase encore, les jours de marché,
sur les places publiques, pour deux cuartos
à l'ombre et pour un au soleil. Son installation se compose d'un petit fourneau de terre,
d'un tabouret, d'une bouillotte et d'un plat à
barbe en cuivre bosselé. Tout cela forme un
léger bagage qu'il transporte sur son dos
quand il change de place ; et il en change
souvent ! L'infortuné en est donc réduit à
l'état de barbier ambulant, et encore ne
trouve-t-il pas toujours de l'ouvrage partout
où il passe.

Mais, au commencement du dix-neuvième
siècle, son métier n'était pas encore une siné-

cure. S'il est vrai que les coiffures s'étaient beaucoup simplifiées et que l'on n'exécutait plus sur les têtes des grandes dames, comme à la fin du siècle précédent, de ces édifices bizarres et compliqués, tels que labyrinthes émaillés de fleurs et navires toutes voiles déployées, maître Figaro, n'ayant jamais eu la prétention d'être un artiste capillaire, ne s'en trouvait nullement diminué ; et si l'on commençait à supprimer de ses fonctions quelques pratiques chirurgicales, le bavard qui chez lui double le barbier se dédommageait amplement.

Il faut avouer, du reste, que les mœurs de son temps favorisaient singulièrement son petit commerce de Mercure galant et lui donnaient l'importance presque d'un ministre. La Révolution française avait soufflé sur la vieille Europe un vent de libéralisme, et la parole des Voltaire et des Diderot vibrait jusqu'aux vieux échos scandalisés du sombre palais de l'Escurial.

Les grands seigneurs étaient-ils plus libertins qu'autrefois, les courtisans plus effrontés et les grandes dames plus vertueuses ?... La bourgeoisie était-elle plus dissolue et le peuple plus méchant ?... Non. Mais le diable boiteux devenait de plus en plus indiscret ; il ne s'était pas encore fait journaliste, comme aujourd'hui ; il osait cependant déjà parler. Il avait, dans toutes les classes de la société, de fidèles émissaires qui colportaient partout les petites histoires friandes de la veille, et la cour se divertissait des aventures de la ville, tandis que la ville se gaudissait des scandales de la cour.

En un pareil milieu, Figaro se trouvait dans son véritable élément. Intelligent, pimpant, aimable, il avait pris, petit à petit, une importance considérable ; on l'atten-

dait avec impatience à l'archevêché, et, pour lui, tous les boudoirs s'entr'ouvraient
dès l'aurore.

Racontant les anecdotes, divulguant les secrets, répandant les nouvelles, il était, à
lui tout seul, une gazette complète; avec cet avantage que, chez chacun de ses abonnés,
ne disant que ce qu'il savait devoir y être agréable, il était toujours sûr de plaire.

Chez la reine, il enroulait tous les petits cancans de l'Église dans les boucles
folâtres des dames d'honneur; chez l'archevêque, il enveloppait tous les petits péchés
des marquises dans les papillotes, tout autour de l'oreille du saint prélat.

Indiscret toujours! mais ne médisant jamais du prochain par lui-même.

Aussi, quand Monseigneur, se retournant à demi, disait : « Es-tu bien sûr que
ce que tu me racontes soit vrai, Figaro? » celui-ci répondait invariablement, avec
l'air le plus naïf qu'il pouvait prendre : « Monseigneur, on le dit! »

LIVRE DIX-SEPTIÈME

AMOUR ET GUERRE

L'APPEL APRÈS LE PILLAGE

LES CADETS

DE GASCOGNE

LES FIANCÉS

LA CACHETTE

DÉCOUVERTE

LE CORDON BLEU

L'APPEL APRÈS LE PILLAGE

Ils étaient venus d'au delà les monts, comme une irruption de barbares, massacrant et ravageant tout sur leur passage.

Une armée, composée de troupes mercenaires et des milices sorties des villes, essaya d'arrêter l'invasion. Mais, culbutés du premier choc, ces bataillons improvisés, furent bientôt mis en déroute après un simulacre de combat, et quelques soldats seuls, profitant du désarroi, purent trouver leur salut dans la fuite. Quant aux malheureux miliciens, qui avaient honneur et courage parce qu'ils combattaient pour sauver leurs femmes, leurs enfants, leurs foyers, ils ne voulurent pas lâcher pied et furent vite débordés, cernés par le nombre. Alors commença l'horrible tuerie.

Les soudards, bardés de fer, assassins de métier, se ruèrent sur ce troupeau de citadins, presque sans défense, comme bouchers à l'abattoir, frappant d'estoc et de taille, pourfendant, écharpant, embrochant. Piques, hallebardes, coutelas, pertuisanes déchiraient les chairs, éteignant dans le sang les éclairs de l'acier. Sous les haches abattues, les cervelles jaillissaient. Les victimes tombaient, égorgées, assommées, étranglées, étouffées ; et les bourreaux, acharnés, fouillant du poignard le cœur de ceux qui gisaient à terre, sans pitié, sans merci, ne s'arrêtèrent que lorsque du charnier ne sortit plus un seul soupir.

Après cette bataille mémorable, les brigands, vainqueurs, envahirent librement les campagnes ; leurs bandes avides descendirent dans les vallées fertiles, répandant partout la terreur ; et la contrée entière, n'ayant plus de défenseurs, fut livrée à toutes les horreurs de la guerre.

Comme au temps du moyen âge, quand les bandes fameuses des routiers, francs-taupins, retondeurs et malandrins infestèrent le pays, on ne voyait par chemins que troupes de maraudeurs à figures patibulaires, détrousseurs, escogriffes, filous, larrons, pillards, tous chargés de butin.

Dans les villes incendiées, cliqueurs, spadassins, ferrailleurs, noirs de fumée, couverts de cendres et de poussière toutes gluantes de sang caillé, le fer et la torche à la main, parcouraient les décombres, bondissant comme des tigres féroces : démons inassouvis, toujours cherchant de nouvelles victimes.

Toute la crapule en goguette, joyeux drilles, vieux penards, polissons, ivrognes, godailleurs, ribotins, rôtissaient bétail et volailles, défonçaient les futailles, faisaient ripaille dans les ruines fumantes ; et la nuit venue, saouls comme des porcs, tapageurs, fanfarons, gueulards, braillant des blasphèmes et des chansons obscènes, ils poursuivaient, en titubant, les femmes qui s'enfuyaient à travers les flammes, affolées, demi-nues, échevelées, pressant des enfants morts sur leurs seins meurtris.

Partout des cadavres mutilés, étripés, avec des membres crispés, des bouches tordues et des yeux grands ouverts terrifiés. Des vieillards à barbe blanche frappés dans le dos, des vierges éventrées, et çà et là, dans les tas, des nouveau-nés encore vivants qui se traînent, affamés, et tettent des blessures !...

Déjà, les grands corbeaux noirs et les vautours planent par nuées dans le ciel obscurci, et, dans les sillons abreuvés de pourriture, germe lentement le grand fléau qui fera le désert : la peste !...

Cependant, de tous côtés, l'éclat strident des trompettes a retenti, les officiers rassemblent leurs bandes éparses ; on va repartir pour d'autres exploits. Ici, devant le front de sa compagnie réunie, le capitaine Jean Truand, surnommé le Sanguinaire, encore ivre, mais droit en selle sur un superbe genet d'Espagne, fait procéder à l'appel de ses hommes, tandis que, là-bas, l'avant-garde déjà marche, emportant bagages et dépouilles.

147

Le lieutenant, une liste à la main, interpelle :

« Don Alvarez d'Alcantara ?

— Présent ! » répond le premier du rang, grand garçon d'allure mâle et fière.

Il porte sur l'épaule une arquebuse et, à sa ceinture, parmi les plis d'une écharpe brillante, avec le pistolet, le sac à balles et la corne à pulvérin, un canard pendu.

« Bravo ! dit Jean Truand d'une voix de tonnerre, éraillée par l'orgie ; le trophée est digne d'un grand seigneur ! C'est sur l'eau, paraît-il, que vous cherchez vos adversaires.... On voit que vous avez servi dans les galères de Sa Majesté ! »

Le soldat reçoit l'insulte, impassible en apparence ; un instant, l'œil mauvais étincelle, puis s'éteint dans l'ombre du sourcil froncé. Répondre au commandant, c'est mourir. Tout le monde le sait et personne n'ose rire.... Le lieutenant passe au nom suivant :

« Fra Angelo ?

— Présent ! dit une voix grêle et flûtée sortant de dessous le bord d'un grand feutre placé comme un éteignoir noir sur un long corps tout noir.

— Tudieu ! reprend la même voix de rogomme, frater Ténébrus, êtes-vous perdu de boisson au point d'oublier toute prudence ? Quand le diable se fait ermite, il a soin que le bout de sa queue ne traîne pas sous sa robe, et votre manteau laisse passer une gueule d'espingole qui n'est pas pour rassurer le timide pèlerin. »

Fra Angelo, d'ordinaire, n'entend pas la plaisanterie ; mais il ne bronche pas.

Et l'appel continue :

« Zamacoïs le Biscaïen ?

— Présent !

— Van Clootens ?

— Présent !

— Tourpendille ?... Tourpendille ?... »

Une main se lève dans le rang, et l'on entend : « Place vide à gauche ! » pendant qu'à quelques pas une voix crie à tue-tête : « Tourpendille, ivre-mort au champ d'honneur ! »

Tous ces aventuriers vagabonds, ramassis de sacripants couverts de défroques et d'armures aux pièces disparates, d'où viennent-ils ? On l'ignore.

Le type peut révéler la race ; l'accent indique la langue, le nom détermine le pays ; l'épée, comme la colichemarde espagnole, la claymore écossaise, l'espadon

148

suisse, la rapière italienne, peut aussi préciser le lieu d'origine ; mais les types se fondent, les accents se prennent ou se perdent avec le temps, les noms s'empruntent, les épées se volent ; et de tous ces bandits il en est peu qui sachent ou veuillent dire où ils sont nés.

Cependant, tous ces sans-patrie, sicaires empressés de qui les paye, sont à la solde d'un puissant monarque. Ils marchent en déployant devant eux l'étendard royal, et Clio, la muse de l'histoire, vient d'inscrire une nouvelle victoire, où les troupes du roi se sont couvertes de gloire.

LES CADETS DE GASCOGNE

Le peintre, ayant eu nouvelle vision du même sujet, a retrouvé cette compagnie de soudards : ce sont bien les mêmes hommes dans un décor différent. Au centre d'un carrefour, au milieu de la forêt brûlée, encore fumante, ils sont rangés presque dans le même ordre, inconscients du désastre qu'ils laisseront derrière eux, insoucieux de l'incendie qu'ils ont allumé ; tous souillés de sang et de boue, ils assistent, impassibles, à ce spectacle terrifiant des grands chênes séculaires dont les branches crépitent, environnées de flammes, dont les grands squelettes noircis font sur les fumées blanchâtres des silhouettes fantastiques ; et cependant, contraste étrange, un d'eux emporte dans sa gibecière une gerbe de roses ; un autre, le calepin à la main, compose des vers qu'il récite à haute voix. Poète inconnu ? Que non pas ! Son nez magistral le désigne entre tous : c'est Cyrano de Bergerac. Et dès lors, on sait quels sont ses compagnons : ce sont les cadets de Gascogne.

150

LES FIANCÉS

Le vicomte Gaston de Boisandré avait vingt ans, et il aimait sa cousine.

Noble demoiselle Marie de Valfleury avait seize ans, et elle aimait son cousin.

Comment cet amour était-il venu ? Oh ! bien naturellement ! En courant ensemble, depuis l'enfance, à travers les bois et les plaines : on cueillait des fraises, on effeuillait des marguerites, on tressait des couronnes de fleurs sauvages. Le soir, à la veillée, ou quand l'orage, grondant sur la forêt, forçait à rentrer au logis, on faisait de la musique et on lisait à deux, dans le même livre, de beaux récits d'amour et de batailles.

Lorsque les deux enfants, ivres de liberté, se livraient à leurs escapades, ils n'avaient pour témoins et pour confidents que deux êtres, dont un muet et l'autre invisible. Le muet était un petit chien nommé Pluton, encore lourdaud et culbutant, qu'ils avaient élevé eux-mêmes ; et l'invisible était un de ces petits amours, comme le ciel en met entre frère et sœur. Cependant, les confidents avaient grandi avec leurs maîtres ; et, un beau jour, il se trouva que le petit chien était un molosse et que le petit amour, si on eût pu le voir, avait des ailes, un arc et un carquois.

L'histoire de Gaston et Marie était donc celle de tous les jolis couples d'amoureux ; la simple histoire éternelle que devaient plus tard illustrer Paul et Virginie.

Les parents, voyant grandir leurs enfants, caressaient de lointains projets d'union, mais qui ne pouvaient se réaliser immédiatement. Gaston devait d'abord faire ses premières armes, conquérir pour ses fils un petit lot de gloire, comme ses ancêtres lui en avaient tous légué. Il partit donc pour la guerre, jeune lieutenant confié aux soins d'un vieux capitaine, ami de la famille.

Marie pleura beaucoup, et, naturellement, les deux fiancés s'écrivirent.

Toute leur correspondance ne s'est pas conservée jusqu'à nous ; cependant, quelques lettres furent retrouvées dans le fond d'un antique coffret. En les présentant au lecteur, nous le prions de se souvenir qu'elles ont été écrites à une époque où florissait le style précieux ; on n'avait pas encore dressé la carte du Tendre, mais on était bien près de le faire.

Gaston de Boisandré à Marie de Valfleury.

Ma chère Marie,

Le courrier à qui je confie ma missive est un brave soldat. Comme il ne pourra rester que quelques minutes auprès de toi, ayant d'autres dépêches très graves à porter plus loin, fais-lui tout de suite donner un cheval frais, le meilleur de l'écurie, et une bouteille de bon vin. C'est à la condition de lui fournir ce relais que j'ai obtenu du général la permission de le détourner de sa route en faveur de notre correspondance ; c'est donc affaire de service qui doit passer avant tout.

Maintenant, je peux te parler de moi.

Je viens de recevoir ta douce et bonne lettre ; elle est là devant moi, au bord du tambour sur lequel je t'écris. Je sens le parfum des petites fleurs que tu y as mises ; elles sont bien séchées, bien aplaties, bien incolores ; mais, pour moi, elles sont aussi fraîches que si tu venais de les cueillir ; je les vois roses et bleues, avec les perles de la rosée qui sont tombées sur elles ; tu ne peux le nier, la trace en est encore au papier ; et pour moi, elles embaument.

Pauvre chère petite fiancée d'un soldat, comme tu te désoles ! comme tu maudis les rois qui font la guerre ! Un peu plus, tu t'en prendrais à Dieu, qui la permet !

Eh ! qui te dit que ce n'est pas Lui qui l'ordonne ? Je ne te dirai pas : Prends ta capeline et retourne aux bois où nous allions tous deux ; je suis sûr que tu y vas tous les jours ; mais je te dis : Quand tu y seras, regarde à tes pieds ; dans chaque touffe d'herbe, sous chaque motte de terre, sous chaque pierre, dans tous les creux des racines moussues, tu verras tout un monde d'insectes qui se font la guerre ; non de ceux qui plus gros ou plus forts poursuivent une proie plus faible pour la dévorer, mais ceux de la même espèce qui luttent à armes égales. Tu verras les fourmis, en bataillons serrés, attaquer leurs adversaires et se battre jusqu'à ce qu'une des deux armées, victorieuse, soumette les vaincus à l'esclavage. Tu verras les scarabées, couverts de leur armure, combattre corps à corps, sans trêve et sans merci, comme des preux chevaliers. Faudrait-il encore compter tous les invisibles à l'œil humain que les savants, avec leurs lunettes nouvelles, ont découverts ? Xénophon n'aurait, selon leur dire, rien raconté de pareil à ce qui se passe dans une goutte d'eau croupie.

Si maintenant tu lèves la tête, c'est, sur les ramures, jusqu'à la cime des plus hauts chênes et jusqu'au fond du ciel que tu verras les oiseaux en querelle se poursuivre et se plumer à coups de bec. Les animaux domestiques eux-mêmes, les taureaux dans la plaine, les chevaux à l'écurie, les béliers au troupeau, les coqs au poulailler, les chiens au chenil, se battent à outrance.

Toutes ces bêtes, diras-tu, n'ont pas de raisonnement ; elles obéissent à leur instinct. C'est vrai ; mais qui le leur a donné, si ce n'est le Créateur ?

Il a donc voulu la guerre. De même, si aux bois il y a des nids, aux pâturages des poulains et des agneaux, à l'étable des veaux, des poussins dans la cour, dans la niche des petits Plutons, et des hirondelles de l'année sous l'appui de ta fenêtre ; si partout, sur la terre et jusqu'au fond des eaux, tant de mères pondent, allaitent et couvent, c'est encore pour obéir à l'instinct que leur a donné le même Créateur ; il a donc aussi voulu l'amour.

Oui, amour et guerre, voilà la loi de la nature, et qui chercherait à s'y soustraire serait un lâche imbécile, plus méprisable que la bête qui s'y soumet d'instinct. Autant vaudrait dire que Dieu nous a donné la raison pour lui désobéir. Voilà pourquoi Gaston aime Marie et pourquoi Gaston est au camp, dans la boue et la vermine, quand il serait tellement mieux près d'elle. Ne t'effraye pas trop de cette boue et de cette autre chose, on s'en débarrasse ; du reste, tout le monde en a, et ce pauvre Pluton plus que quiconque, car il n'a pas de laquais pour le décrotter. A propos de ce brave animal, je te dirai qu'il ne cherche pas à se soustraire à la loi de nature non plus ; et c'est un guerrier déjà fameux, dont je te raconterai les prouesses un de ces jours.

La terre ayant été couverte d'un pied de neige tous ces temps-ci, je n'ai pas de fleur à mettre dans ma lettre ; mais je baise la place où je l'aurais mise.

Ton Gaston d'autrefois, d'aujourd'hui et de toujours.

G. DE BOISANDRÉ.

Marie de Valfleury à Gaston de Boisandré.

Mon cher Gaston,

Selon ton désir, affaire de service avant tout. J'ai fait donner ton cheval Bayard et j'ai versé moi-même du vieux Frontignan que tu connais. J'espère que ton cour- rier a dû être satisfait ; on ne l'a pas retardé et il n'est resté que quelques instants. Je n'avais pas fini de lire ta lettre qu'il était déjà reparti ; tout au plus ai-je pu voir d'un œil distrait, qu'il avait de bien grosses bottes et une bien grande soif. Je ne le reconnaîtrais certes pas si je le rencontrais à nouveau. Il est vrai que, pour moi, les soldats sont tous le même : un grand feutre, des gantelets de gros cuir où je pour- rais cacher ma main dans chaque doigt, une grande épée qui traîne avec un bruit de ferraille, une odeur de graisse, des cheveux en désordre et de grandes moustaches ébouriffées. Et quand je pense que tu es peut-être comme cela aussi, toi si coquet, si soigné ! Si tous ces hommes de guerre ont des femmes, des fiancées, des sœurs qui les aiment, faut-il donc que le dieu Mars ait un philtre à leur donner, comme il en dut avoir un lui-même pour subjuguer la belle déesse Vénus. M'en aurait-il même déjà versé dans mon sommeil et s'entend-il avec Morphée pour gagner ma pauvre âme ? Toujours est-il que, depuis quelque temps, j'ai souvent rêvé de batailles, de canons, de drapeaux ; et, chose que je n'eusse pu croire, lorsque, réveillée, je pense à mes rêves, je n'en suis pas trop offusquée. Je ne dis pas que je me fais, sans regrets, à l'idée d'être la femme d'un militaire ; mais, enfin, je commence à croire que je m'y ferai peut-être ; en tout cas, mon esprit ne se refuse déjà plus, comme jadis, à s'occuper de toutes ces vilaines choses de la guerre. J'ose dire même, mais à toi seul, que je commence à y prendre un certain intérêt.

J'ai descendu des hauts rayons de la bibliothèque, où ils dormaient le sommeil de l'oubli, un tas de vieux livres poudreux qui traitent de l'art de la fortification et autres matières militaires ; je les lis attentivement, avec toute l'attention dont je suis capable.

Vois-moi, couchée sur le grand divan, avec un de ces gros volumes devant moi ; car ils sont trop lourds pour que je puisse les tenir sur mes genoux. A mes pieds, le grand lion de Numidie que tu connais étale sa dépouille, digne des épaules d'Hercule. Malgré moi, je pense qu'après tout Omphale pouvait être heureuse ! Il peut y avoir, pour la timide faiblesse, un plaisir plein de grandeur à dompter le vainqueur qui fait trembler les plus forts.

Je ne suis pas encore assez avancée dans mes nouvelles études pour me risquer à en parler ; pour le moment, je cherche à fixer dans mon pauvre petit cerveau d'écolière tous les grands mots barbares de cette langue inconnue : balistique, tactique, stratégie, etc. Mais, un de ces jours, j'espère bien t'étonner. Je t'enverrai la copie des problèmes que je me donne à résoudre. J'ai déjà fait un plan pour réduire une place forte. J'ai dessiné la ville à prendre, avec une citadelle sous forme de cœur, et les défenses extérieures : le bastion de l'indifférence, la contrescarpe de l'amitié, la redoute de l'amour, et la rivière de l'absence, qui baigne les murs de la citadelle. Ensuite, j'ai fait mes travaux d'approche et distribué mes moyens d'attaque.

Victoire ! L'indifférence est emportée d'assaut, l'amitié conquise ; et l'amour s'est rendu ! Mais l'absence reste encore, qui me sépare de ma conquête, et j'ai bien peur d'attendre longtemps, hélas ! devant ce dernier obstacle. J'avais espéré, je l'avoue, que l'ennui, le découragement, même une folle sortie mettraient cette citadelle en mon pouvoir, car je sais qu'on y souffre aussi ; mais tant de noble courage, tant de stoïque résignation de la part de mon assiégé ont fini par toucher

155

mon âme. C'est de l'admiration que j'ai pour ses grandes vertus, et j'en arrive même à être heureuse qu'il me résiste. Oh! oui, mon Gaston, je serai d'autant plus fière de posséder ce cœur, qu'il se sera couvert de gloire! Mais que fais-je? je confonds l'image avec la réalité, et j'oublie qu'il ne s'agit que d'une citadelle!

Ne va pas croire que mon ardeur guerrière ne soit que théorique; je saisis toutes les occasions, au contraire, de me familiariser avec les armes. J'ai décroché des panoplies de la grande salle, des épées et des pistolets, pour les faire fourbir. Je ne m'en suis pas servie. Oh! non! j'en ai encore trop peur! Mais, enfin, j'ai osé y toucher. J'ai même manié un grand poignard.

Dans mes promenades, je ne regarde pas seulement les oiseaux en querelle, comme tu me l'as conseillé, je contemple de vrais soldats qui font l'exercice, et, derniè-

rement, nous avons même été, avec ma tante, l'abbé et quelques amis, visiter une for-teresse. L'officier m'a, sur ma demande, expliqué la façon dont on tire le canon. Je n'ai pas vu partir de boulet; mais j'ai vu partir par-dessus les fossés et rouler au loin sur les glacis... le chapeau de ce pauvre abbé, emporté par le vent. Ce n'était pas si émouvant qu'un vrai coup de canon; cependant, pour si peu noble que fût le projectile, c'était déjà quelque chose.

Je bavarde, espérant te faire rire; comme toi, tu me fais de la philosophie pour distraire mes pensées. Hélas ! nos deux pauvres cœurs éclateraient si nous écrivions autre chose que des futilités. Aussi n'est-ce qu'au dernier mot de cette lettre, qu'osant laisser parler le mien, je lui permets de te dire, en t'envoyant mon tendre baiser : Je t'aime autant que tu le sais !

Marie DE VALFLEURY.

Gaston de Boisandré à Marie de Valfleury.

Ma chère Marie,

Si j'avais laissé dans les bois, berceau de mon enfance, une timide gazelle et que je la visse changée en cavale fougueuse, je ne serais pas plus étonné que je ne le suis de ta métamorphose. Alors, te voilà déjà amazone guerrière et bientôt tu seras Bellone elle-même.

J'ai beaucoup goûté ton plan de siège ; sois bien sûre que ton assiégé éprouve pour toi la même grande estime que tu lui as vouée et qu'il voudrait bien tomber dans les bras de son vainqueur ; mais j'ai bien peur qu'il lui faille attendre pour cela que la paix soit signée, et nous n'en sommes pas encore là, quoique, cependant, certains indices me portent à croire que l'on prépare un grand coup qui, s'il réussit, amènera la fin de la guerre.

En attendant, nous végétons, ou plutôt nous croupissons dans une somnolence mortelle. Tu ne peux pas te figurer ce qu'est l'oisiveté dans un camp dont on ne peut sortir.

On mange, on boit, on dort ; très mal, c'est vrai ! Cela suffit pour vivre ; mais, après, que faire pour occuper le temps ? Les soldats emploieraient bien toutes les heures du cadran à boire ; mais le vin coûte ici très cher, les cantiniers sont méfiants, il y a longtemps que crédit est mort ; et d'ailleurs, les ordres du général contre l'ivresse sont terribles ; le jeu n'a pas d'attraits quand on n'a pas un sol vaillant ; il ne reste donc qu'à travailler pour se distraire ; mais, tout ce qui est terrassement étant terminé depuis longtemps, les seuls travaux auxquels on puisse se livrer ne comportent que les soins du ménage. On raccommode les drapeaux et les vêtements, on lave le linge. Les seules préoccupations

sont de se procurer une aiguille, du fil ou un bouton. Singulière antithèse ! pendant que tu te livres à l'étude du métier des armes, nous autres militaires en sommes réduits aux ouvrages de femmes ! Quand on a tout recousu, tout nettoyé, il ne reste plus, comme distraction, que la conversation ; et tu peux penser ce que peut être celle de tous ces pauvres troupiers !

Il y a cependant des endroits privilégiés, chez l'armurier, par exemple, où les vieux capitaines racontent des histoires d'autrefois ; mais on ne peut y aller souvent, car, si leurs récits sont intéressants, ce sont toujours les mêmes.

Il est encore un autre passe-temps, mais qui n'est pas à la portée de tout le monde. Ce sont surtout les Suisses qui le pratiquent. Ces braves montagnards fument. Tu ne sais peut-être pas ce que cela veut dire ? Eh bien, ils hachent des feuilles séchées d'une plante nommée tabac, et les introduisent dans un petit fourneau de terre cuite, de la forme d'une cornue d'alchimiste. Ce petit fourneau est prolongé d'un long tuyau pour laisser échapper la fumée. Alors, quand le fourneau est bien allumé, où crois-tu que l'on mette le bout du tuyau pour se débarrasser de cette fumée ? Dans la bouche ; et ils aspirent de toute la force de leurs poumons pour activer le tirage. Ça les fait tousser et cracher une salive mélangée de suie ; on dit même que ce jus de tabac est un poison violent. Aussi pourrait-on croire que ce que je raconte est un supplice inventé par des sauvages, si l'on ne constatait forcément, à la vue de leurs visages joyeux, que c'est pour eux une jouissance extrême. Cela leur devient même un besoin si impérieux, que, pour le satisfaire, ils bravent la mort.

A ce propos, puisque aussi bien je t'ai promis de te faire connaître les prouesses de ce bon Pluton, je vais te narrer son dernier exploit.

Un des soldats suisses susdits avait été mis en faction, la nuit, pour garder la cahute où sont enfermées les poudres. Le misérable alluma sa pipe, malgré la défense formelle de faire aucun feu, et même de fumer, à moins de deux cents toises autour de cet endroit dangereux.

Probablement, ce coupable imbécile s'endormit ; et sa pipe, c'est ainsi que l'on nomme le petit fourneau, s'échappant de ses dents, tomba sur son habit et y mit le feu.

Toujours est-il que le dormeur, s'étant subitement réveillé en train de roussir, et suffoquant par l'âcreté de la fumée, se précipita sur la porte, qu'il ouvrit toute grande. A l'instant, par le souffle de l'air extérieur, le feu qui couvait s'enflamma et le Suisse perdit la tête. Il faut avouer qu'il y avait de quoi, au milieu d'une poudrière. Alors qu'au moins il eût dû sortir et s'enfuir au plus vite, il était resté sur place et se démenait comme un damné, dans les flammes, pour arriver à se débarrasser de cette casaque de Nessus.

Aux cris qu'il poussait, tout le monde sortit des tentes et se précipita vers le feu. Je me promenais justement, avec Pluton, dans cette partie du camp et fus un des premiers arrivés sur le lieu du sinistre. Pluton, le nez à terre, qui semblait suivre une piste, m'avait même dépassé et s'était élancé en avant.

Quand on put se rendre compte que c'était dans la poudrière qu'était l'incendie, la foule des soldats s'arrêta soudain ; un immense cri de stupéfaction s'échappa de toutes les poitrines, auquel succédèrent d'autres cris de colère et des imprécations terribles. Le Suisse, qui s'était enfin dépouillé de son vêtement, accourait vers nous, en bras de chemise ; les cheveux, brûlant encore, faisaient une auréole à son visage terrifié.

Quand on vit que, derrière lui, il laissait un paquet en flammes au milieu de la cahute, on le prit pour un incendiaire ; et il n'eut pas rejoint le premier rang des spectateurs, qu'il était déjà houspillé de belle façon. Une minute encore, il n'en serait pas resté un morceau, si le colonel, lui jetant son manteau sur le dos, ne l'eût pris sous sa protection. Il ne voulait pas, en cas de complot, laisser détruire le seul témoin capable de jeter un éclaircissement sur une affaire qui menaçait la sécurité de l'armée tout entière. Les objurgations du chef auraient eu peine à soustraire ce malheureux à la vengeance de la foule, si un autre spectacle n'eût attiré l'attention vers la poudrière menacée. Pluton, qui se moquait de l'explosion, ne connaissant pas le danger de la poudre, s'était précipité vers le foyer, avait saisi le paquet en flammes, et ramenait, triomphant, l'habit du Suisse à moitié consumé.

Il fut reçu par une acclamation formidable, et, tout danger immédiat paraissant écarté, on se rua sur la poudrière avec des pelles, des pioches et des seaux d'eau.

En un instant, tous les tonneaux furent enfouis, noyés, défoncés.... et toute la poudre n'en fut pas moins perdue.

Quand le calme fut enfin rétabli, ce fut au tour de Pluton de subir les transports d'allégresse des soldats, ce qui, pour être plus honorifique, n'en était guère moins dangereux pour lui. On faillit l'étouffer.... Je fus obligé de l'emmener au plus vite.

En rentrant sous notre tente, je vérifiai son état : il n'était pas blessé. Je lavai son

160

bon gros museau tout noirci, je nettoyai son poil un peu brûlé, lui donnai une bonne jatte de lait que j'avais ; et il fut s'endormir, modeste et ignorant de toute la gloire qu'il venait de conquérir.

En me préparant à dormir moi-même, j'aperçus la loque brûlée que ce brave chien n'avait pas voulu lâcher et qu'il avait apportée jusqu'au pied de mon lit. Je reconnus alors que ces restes étaient ceux d'un justaucorps qui, en effet, m'avait été volé la nuit précédente, mon laquais ayant eu la négligence de le laisser suspendu en dehors de la tente.

Je compris alors l'acte d'héroïsme de Pluton, qui, je dois le dire, m'avait stupéfait autant que tout le monde. Le brave animal avait suivi la piste de cet habit, que je portais tous les jours depuis longtemps, et me l'avait rapporté comme il l'eût fait de tout objet ayant touché mon corps.

Le lendemain, Pluton eut la visite du général en chef lui-même, qui me complimenta sur l'acte de bravoure, d'intelligence extraordinaire de mon fidèle compagnon : acte dont le récit — ce sont ses propres paroles — lui aurait semblé une gasconnade indigne de foi si toute une armée n'en eût été témoin.

Cependant, je ne dis rien de ce que j'avais découvert, quoiqu'il m'en coûtât un peu d'abuser de la crédulité de mon chef ; mais, pour deux raisons : c'est que je ne voulais pas priver Pluton de sa célébrité, et qu'en avouant la vérité j'eusse encore augmenté la culpabilité du pauvre Suisse, qui, selon moi, était déjà suffisamment puni de sa faute.

Voici donc notre bon gros toutou, cet ami fidèle de notre enfance, passé à l'état de héros, grâce à ce curieux concours de circonstances. Comme il avait déjà donné, dans plusieurs occasions, des preuves surprenantes de courage et de sagacité, on a d'autant mieux accepté le prodige qui met le comble à sa gloire. Il a fait, disent les soldats, ce qu'aucun homme n'osait faire. Il doit être animé par l'esprit d'un bon génie ! Au siècle passé, on l'aurait, certes, accusé d'être sorcier, et l'on m'aurait peut-être brûlé avec lui, pour cette raison bien logique qu'étant son maître, je devais être son esclave et lui avoir vendu mon âme.

Tu m'as gentiment fait remarquer que je t'envoyais des leçons de philosophie : n'y aurait-il pas lieu d'en faire encore sur l'histoire de cette bonne bête ?...

Hier, j'ai laissé cette lettre en suspens, parce qu'une nouvelle algarade a mis tout le camp en rumeur.

On venait d'arrêter un espion, qui, ses souliers à la main, avait pu pénétrer jusque dans la tente du général, où, caché derrière une tapisserie, il écoutait les ordres que celui-ci dictait à ses officiers.

L'infâme traître avait été immédiatement passé par les armes, ce qui n'eût pas suffi pour produire l'effervescence qui agitait tout le monde ; mais on disait qu'on avait saisi sur lui des papiers d'une telle importance, que la bataille décisive, prévue et attendue depuis si longtemps, devenait imminente. Toute la nuit s'est passée en préparatifs ; les ordres se succédaient sans relâche, et les nécessités du service ne m'ont pas permis de rentrer sous ma tente. Ce matin, tout semble se confirmer ; un courrier va partir, et je n'ai que le temps de te griffonner ces quelques mots avant de monter à cheval pour mon Dieu, pour mon roi, pour ma femme !

Ton GASTON.

————————

Si le lecteur s'est intéressé aux deux héros de cette petite idylle militaire, dont le temps, par miracle, a conservé une partie de la correspondance, il voudra savoir ce que ceux-ci sont devenus. Oh ! mon Dieu, la fin de leur histoire est aussi naïve qu'en fut le commencement.

Un jour, tous les parents étant en promenade, Marie, que l'inquiétude assombrissait, filait à son rouet, pensant à l'absent, lorsque soudain on entendit le galop d'un cheval ; des aboiements formidables retentirent dans le silence habituel de l'antique demeure, et le brave Pluton se précipita dans la salle, bousculant sa jeune maîtresse de ses furieuses caresses. Celle-ci était à peine remise de son émotion, que paraissait un militaire couvert de poussière. Gaston, c'était lui, presque méconnaissable. Le coquet lieutenant était devenu un capitaine à l'air farouche et martial, ébouriffé, barbu.

Il arrivait du camp d'une seule traite, voulant apporter lui-même les nouvelles de la bataille, de la victoire, de la paix signée et de son congé.

Tout ce qui se dit dans cette première heure du retour, on peut le deviner ; mais on ne pourrait le répéter, personne n'ayant assisté à l'entrevue, sauf les deux compagnons d'autrefois, l'un invisible, l'autre muet : le petit amour au carquois et le chien ; encore celui-ci, qui, n'ayant pas de chevaux à crever sous lui, avait dû faire toute la route sur ses pattes, dormait-il profondément, couché sur le coin du tapis où il avait jadis titubé ses premiers pas.

Ce que furent les années qui suivirent cette heure, cela, on le peut écrire ; c'est l'histoire éternelle de tous les heureux qui n'en ont pas.

Ils se marièrent, eurent beaucoup d'enfants et virent même leurs petits-petits-enfants, car ils vécurent excessivement vieux.

LA CACHETTE DÉCOUVERTE

CHER et vieil ami,

Je vous écris sous la tente, au milieu des clameurs des soldats, des fanfares des trompettes, de l'assourdissement des tambours et de tout le fracas guerrier d'un camp, la veille d'une bataille.

Vous penserez tout d'abord que ce n'est pas la place d'un homme d'église comme moi, qui n'ai ni les goûts ni le génie d'un Richelieu, et vous vous demanderez ce que ma robe de cardinal vient faire en ces bagarres. Mon Dieu ! c'est bien contre mon gré, croyez-le bien. J'ai dû accompagner à l'armée Son Altesse, mon jeune élève, que la juste sévérité de son père y a envoyé faire ses premières armes, à la suite d'une aventure qui a fait beaucoup de bruit à la cour.

Or, comme tout ceci a été scandaleusement raconté, par le menu, dans la *Gazette de Hollande,* et que, si ce pamphlet vous tombait sous les yeux, vous auriez lieu de trouver étrange d'y voir mon nom mêlé à un conte galant, je dois à notre vieille amitié et au grand cas que je fais de votre estime, le rétablissement de la vérité malicieusement déguisée, comme aussi la justification de ma conduite dans ces inconcevables événements.

Vous vous souvenez que mon œil est conformé de telle sorte, que la vue d'un objet placé de travers ou hors d'aplomb est pour moi un véritable supplice, et que, déjà au séminaire, la manie de redresser les choses m'avait fait surnommer le don Quichotte des cadres. Eh bien, l'âge n'a rien changé à cette passion de la verticale et de l'horizontale, qui, aujourd'hui, prend pour moi la proportion d'une calamité par les conséquences qui en sont résultées.

Voici les faits. En traversant un des grands salons du palais, je remarquai qu'un candélabre n'était pas juste au milieu de la console qui le supportait.

Machinalement, je repoussai ce candélabre. Ce déplacement découvrit un papier blanc caché sous le socle ; je le saisis par le bord qui dépassait et tirai doucement. Pourquoi ? Ah ! voilà ! Parce que l'homme est toujours un enfant badaud qu'amuse ce qui lui semble étrange ; parce que l'homme, même le plus sage, qui prétend commander à ses actions, n'est jamais maître de son premier mouvement ; parce que, enfin, l'homme est l'homme, fils d'Ève, qui a sucé, avec le lait de sa mère, le germe de la curiosité. Et si, dans le cas présent, le hasard seul me fit trouver la cachette, je dois confesser que je succombai bien vite à la tentation de savoir ce qu'elle contenait. C'était une lettre, ni grande ni petite ; papier ordinaire, cachet de cire rouge avec empreinte d'une pièce de monnaie courante. Pas de nom, pas d'adresse ; rien ne pouvait déceler ni d'où elle venait, ni où elle allait. Rien qu'un parfum délicieux, mais si doux, si subtil, qu'il en était indéfinissable.

Me voilà donc, cette lettre à la main, en grand colloque avec ma conscience :

« Briser le cachet, violer un secret ?

— Jamais !

— Chercher à lire par transparence, comme un laquais ?

— Fi !

— Cependant, le mystère de cette correspondance dans le palais même laisse supposer tout au moins une intrigue. Frivole ou sérieuse ? galante ? politique ? Un complot, peut-être ?

— C'est grave !

— Mon double rôle de ministre et de précepteur du prince, la confiance dont m'honore Son Altesse le grand-duc son père, me commandent de veiller à l'honneur de leur maison, à la sécurité de leur personne. N'ai-je pas, en recevant les insignes de l'ordre de l'Aigle noir, juré de soutenir et défendre, partout et contre tous, les membres des familles royales, dont je devenais le confrère ? »

Donc, ma conscience m'ayant dit que la curiosité pour moi devenait un devoir, je mis la lettre dans ma poche et m'installai en surveillance sur un fauteuil de la bibliothèque, contiguë au grand salon. A peine avais-je ainsi attendu quelques minutes, que mon élève entrait, et, me voyant absorbé dans la lecture, filait d'un pas léger pour gagner le salon. Je l'entendais s'y promener et le voyais, de temps à autre, dans l'embrasure de la porte ouverte, passant, repassant, tournant, inquiet, fiévreux, agité comme un oiseau en cage. Enfin, il traversa la bibliothèque, l'air contrarié, et sortit sans m'adresser la parole.

Pendant que j'observais son manège, un soupçon m'était venu. D'un bond je fus au candélabre. Il n'était plus juste au centre de la console.

Me voilà donc perplexe, de nouveau en grand colloque, non plus avec ma conscience, cette fois, mais avec ma cervelle :

« Plus de doute ! le prince a cherché le billet.

— Il sait donc qu'il devait y être, et, comme il est peu probable qu'il consente à jouer le rôle de confident, c'est à lui qu'il était destiné.

— Il est à supposer que ce n'est pas le premier qu'il reçoit ainsi. Et alors, avec qui cette correspondance ?

— Pas avec des conjurés, évidemment. Ce n'est donc plus le chevalier de l'Aigle noir que cela regarde, mais le précepteur. Et quand je pense qu'un instant j'ai eu l'idée de prévenir le chef de la police ! C'est pitoyable ! Je garderai donc le secret pour moi seul.

— Il ne serait même pas prudent de laisser le destinataire en peine de sa missive ; car, s'il se doutait qu'on l'a pu trouver, on chercherait une autre cachette pour les lettres, et je ne saurais jamais qui les apporte. »

Mon cerveau m'ayant suggéré ces sages pensées, je remis donc l'enveloppe parfumée sous le socle où je l'avais prise et retournai dans la bibliothèque. A peine avais-je réintégré ma place et recomposé mon attitude studieuse, le nez dans un livre, que le prince revenait, entrait au salon, pour en sortir peu après, et repassait devant moi, radieux cette fois et allègre comme un oiseau en liberté. Je n'étais pas mécontent du premier résultat de ma diplomatie ; je savais indubitablement où allait le petit papier de senteur. Un peu de patience, et bientôt je saurais d'où il venait. Dans l'orgueilleuse satisfaction de moi-même, je n'étais pas éloigné de me croire déjà l'émule de Machiavel. Hélas ! mon triomphe ne fut pas de longue durée. Dès le soir même, je reçus, à mon nom, un billet semblable en tout à celui du candélabre, même papier, même cachet, même parfum, et, dedans, tracé d'une écriture délicate et moulée, ceci :

« Monseigneur,

« Je vous le dis en vérité : Celui qui épie les autres peut être aussi épié à son tour. Je vous conseille donc de ne plus vous occuper de redresser les amours... de bronze qui portent un flambeau ; vous ne pouvez pas savoir si ce n'est pas celui de l'hyménée. »

Abasourdi, penaud, vous pensez, cher ami, si je le fus ; mais je le suis encore plus d'avoir vu cela imprimé. Qui donc a pu le raconter ? Oh ! ces gazetiers !

Je vous dirai, entre nous deux, dans le tuyau de l'oreille, que je soupçonne fort M. de Voltaire d'avoir été le propagateur de cette malheureuse histoire. Oh ! ces philosophes ! On viendrait me dire que celui-là est Satan lui-même en perruque, je n'en serais pas surpris.

Mais que faire contre le démon, surtout quand il est l'ami du roi ?

Vous comprendrez que j'ai d'autant plus raison d'accuser cet abominable écrivain d'avoir organisé ma disgrâce, quand vous saurez que celui qu'on a choisi pour me remplacer dans le conseil est son protégé. Je n'ai pas besoin de vous le nommer, vous l'avez vous-même traité de nullité vaniteuse, et vous jugerez combien le nouveau ministre est fier de l'être, d'après le désir que vous lui connaissiez de le devenir.

LE CORDON BLEU

En écrivant rien que la vérité, on est encore quelquefois démenti.

En écrivant toute la vérité, on est presque toujours sûr de l'être.

Nous dirons donc qu'à l'époque des grandes guerres qui ravagèrent l'Italie, sans préciser quelle époque, un des grands capitaines qui commandaient les armées françaises était aussi un grand prince, renommé autant pour ses hautes qualités militaires et diplomatiques que pour le faste de ses équipages et la grande tenue de sa maison.

Cependant, nous ne dirons pas son nom, et, grâce à ce petit coin de la vérité que nous laissons caché, nous défions qui que ce soit de contester l'authenticité de notre histoire.

C'était le soir d'une grande bataille ; tout le camp était dans l'ivresse, mais dans l'ivresse platonique de la victoire, car les vivres manquaient. L'ennemi avait demandé un armistice, et des avant-postes venait la nouvelle qu'un diplomate, accompagné de brillants officiers, arrivait pour traiter des préliminaires de la paix.

Tous ces personnages, devant, selon l'usage, traverser le camp français, les yeux bandés, ne constateraient pas le dénuement des troupes qui les avaient battus ; mais ils pouvaient s'en douter à de certains symptômes et le seul soupçon en eût été compromettant pour la réussite des négociations.

Aussi notre prince capitaine aurait-il bien voulu les éblouir par la somptuosité du dîner qu'il allait leur offrir sous sa tente. Pour ce faire, il avait bien une partie des éléments nécessaires : sa livrée, sa lingerie, sa vaisselle d'or et d'argent, sa cave et sa cuisine, qui le suivaient dans toutes ses campagnes ; mais tout cela n'était pas suffisant pour conjurer la disette, et sa perplexité était grande lorsqu'il fit comparaître son cuisinier.

« Or çà, lui dit-il, il s'agit de montrer que tu es toujours le premier cuisinier du monde. A ton tour de vaincre ! Tu tiens aujourd'hui dans tes casseroles mon honneur d'amphitryon et, peut-être, le salut de l'armée. Je sais que tu n'es pas installé comme dans les cuisines d'un palais. Tu n'as pas à ta disposition un de ces crocs bien garnis devant lesquels on n'a que l'embarras du choix, et je ne suis pas sans inquiétude sur tes approvisionnements. Voyons l'état de tes ressources. La marée ? »

Le premier cuisinier du monde répondit, d'un air sombre, à cette question :

« Néant !

— La volaille ?

— Néant !

— Les primeurs ?

— Néant !

— Mais, alors, qu'as-tu donc ?

— Prince, il me reste quelques légumes secs, et je n'ai pu me procurer qu'un veau.

— Malheureux, tu n'as rien !

— Pour moi, c'est assez, répondit le chef superbe. Que Son Altesse m'accorde sa confiance, et je lui jure de faire manger à ses convives mon veau tout entier, sans qu'aucun d'eux puisse soupçonner la provenance uniforme des mets qui paraîtront sur table. J'aimerais mieux mourir que risquer une pareille honte ! »

Après ces mots, il se retira avec une majestueuse dignité.

Brillat-Savarin avait dû entendre parler de cet homme de génie, lorsque, plus tard, il écrivit que le triomphe d'un cuisinier serait de confectionner tout un repas avec du veau, sans que l'on pût s'en apercevoir.

Cependant, le prince fut bien tourmenté jusqu'à l'heure du dîner ; mais il passa

170

vite de l'inquiétude à l'étonnement, puis à l'admiration, puis à la stupéfaction, en voyant toutes les parties du petit ruminant, depuis les pieds jusqu'à la tête, apparaître sous les déguisements les plus variés, toujours absolument méconnaissables.

Voici, du reste, ce menu mémorable exécuté rien qu'avec des légumes secs et du veau :

Menu

Potages.   { Soupe à la tortue
               { Potage printanier
Marée.   { Pièce de Thon piquée, braisée
Ragouts.   { Financière aux Quenelles
               { Filets en Escalopes au Madère
Hors-d'œuvre   { Pieds à la Sainte Ménehoult
chauds.   { Anrouilletles et Boudins grillés
               { Croquettes de Volaille à la Tartare
Rot.   { Cuisfot de Venaison à la Broche
Chauds-Froids. { Pâté de Gibier
               { Aspic de Foie en Gelée
Salade.   Macédoine de Légumes.

Tous les convives s'extasièrent aussi bien sur la qualité des mets que sur leur quantité, et, les bons vins de France aidant, la bonne humeur ne cessa de régner pendant tout le repas.

Au dessert, le prince fit appeler son cuisinier, et, se levant à son arrivée, il alla jusqu'à lui ; puis, retirant le cordon bleu du Saint-Esprit qu'il portait à son cou, il l'en revêtit de sa propre main. Alors, se tournant vers l'assistance :

« Je veux, dit-il solennellement, qu'il garde un souvenir de ce dîner, qui termine heureusement une des plus belles batailles qu'un grand chef ait jamais livrées. En le voyant traverser le camp, ainsi paré de ce glorieux insigne, les soldats salueront et les tambours battront au champ sur son passage.

« Si quelqu'un s'étonne d'un tel excès d'honneur, dites que c'est fantaisie de prince. L'histoire, un jour, expliquera pourquoi. »

171

Après ce discours que MM. les officiers ennemis trouvèrent tant soit peu... énigmatique, ce qu'ils attribuèrent aux fumées du vin, le diplomate crut le moment propice pour lancer une question insidieuse, et s'adressant à son tour au cuisinier, ébloui par l'émotion et la surprise :

« Ah ! çà, maître queux, vous avez donc de tout en abondance dans votre camp, pour faire d'aussi copieux repas ?

— Mais oui, Excellence ! répondit notre héros, qui mérita du coup son cordon du Saint-Esprit, nous avons de tout, excepté... du veau. »

C'est ainsi que l'histoire a raconté comment le titre de cordon bleu devint l'apanage des grands cuisiniers, de par la fantaisie d'un grand prince.

Il n'est pas étonnant qu'un prince de l'Église ait voulu, à son tour, renouveler cette scène devant des convives enthousiasmés, d'autant plus que ce prélat est peut-être un arrière-petit-fils de ce grand capitaine ; on pourrait même l'affirmer sans être démenti, puisque l'on a eu soin de ne pas dire son nom.

LIVRE DIX-HUITIÈME

LIVRES ET ŒUVRES D'ART

LES MAUVAIS LIVRES

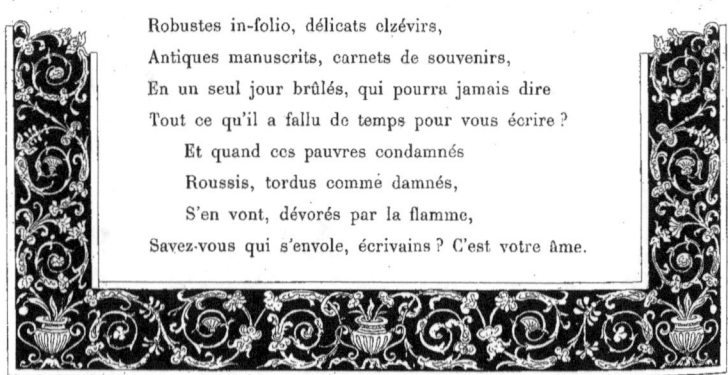

Robustes in-folio, délicats elzévirs,
Antiques manuscrits, carnets de souvenirs,
En un seul jour brûlés, qui pourra jamais dire
Tout ce qu'il a fallu de temps pour vous écrire ?
    Et quand ces pauvres condamnés
    Roussis, tordus commé damnés,
    S'en vont, dévorés par la flamme,
Savez-vous qui s'envole, écrivains ? C'est votre âme.

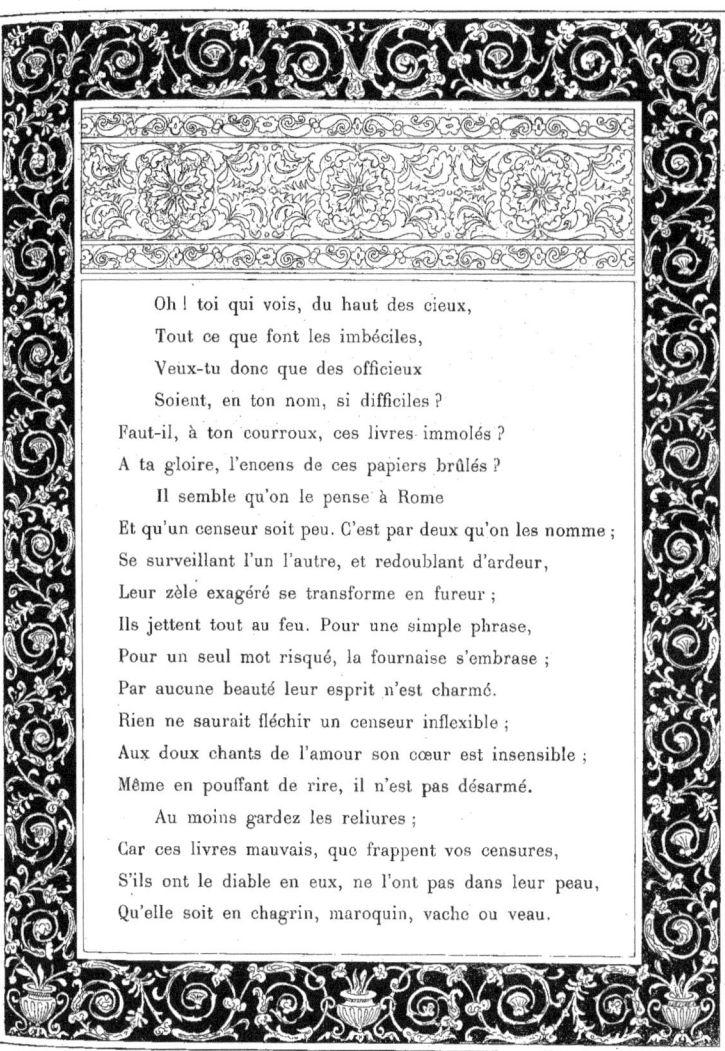

Oh ! toi qui vois, du haut des cieux,
Tout ce que font les imbéciles,
Veux-tu donc que des officieux
Soient, en ton nom, si difficiles ?
Faut-il, à ton courroux, ces livres immolés ?
A ta gloire, l'encens de ces papiers brûlés ?
Il semble qu'on le pense à Rome
Et qu'un censeur soit peu. C'est par deux qu'on les nomme ;
Se surveillant l'un l'autre, et redoublant d'ardeur,
Leur zèle exagéré se transforme en fureur ;
Ils jettent tout au feu. Pour une simple phrase,
Pour un seul mot risqué, la fournaise s'embrase ;
Par aucune beauté leur esprit n'est charmé.
Rien ne saurait fléchir un censeur inflexible ;
Aux doux chants de l'amour son cœur est insensible ;
Même en pouffant de rire, il n'est pas désarmé.
Au moins gardez les reliures ;
Car ces livres mauvais, que frappent vos censures,
S'ils ont le diable en eux, ne l'ont pas dans leur peau,
Qu'elle soit en chagrin, maroquin, vache ou veau.

Mais il paraît que, pour l'Église,
C'est péché d'y toucher, même sans qu'on les lise.
Où la peste a passé, l'on brûle la maison,
Et l'on brise le vase où fut mis le poison.
    Alors il en faut donc déduire
Qu'on devrait lacérer, pulvériser, détruire
Les étoffes de prix, ornements et joyaux,
Lorsqu'ils ont habillé de mauvais cardinaux.

LA BIBLIOTHÈQUE

IGUREZ-VOUS un long tunnel, mais un tunnel inondé de lumière par de larges fenêtres, et dont la voûte, soutenue de distance en distance par des colonnes de porphyre rose, est une merveille de décoration élégante et harmonieuse.

C'est, dans une longue suite de tableaux tout peuplés de dieux, de nymphes et d'amours, le pinceau des maîtres qui retrace toute l'histoire de la mythologie ; c'est la fantaisie des ornemanistes, employant l'albâtre, les stucs colorés, le bronze et l'or, qui court le long des frises, encadre les caissons, sertit les médaillons, remplit tous les vides, mais qui cependant, toujours discrète, accompagne et rehausse, sans jamais ni écraser ni envahir.

Tous les murs sont garnis de vitrines en bois clair mouluré de cuivre, qui, du sol à la corniche, sont remplies de milliers de volumes, depuis les majestueux in-folio dans leurs reliures de cuir jusqu'aux plus minuscules fantaisies d'éditeurs.

De vastes divans de velours vert, des sièges de bois doré, des vases précieux, des tables immenses chargées de pupitres, des échelles roulantes munies de rampes complètent l'ameublement de ce tunnel, qui, vous l'avez deviné, est une bibliothèque des plus remarquables qui se puissent voir, non seulement par la richesse et le confortable de son aménagement, mais aussi par la valeur des livres qu'elle contient ; quelques-uns même, d'un prix inestimable, dit-on, excitent les convoitises des bibliophiles du monde entier ; et il en est des bibliothèques comme des femmes, qui sont réputées d'autant plus belles qu'elles éveillent la jalousie.

Or, dans cette bibliothèque, un peintre, par faveur spéciale, avait été admis à travailler. Parmi les rares visiteurs qui venaient lire, écrire, se recueillir ou simplement dormir dans ce paradis de l'imprimerie, était un cardinal. Certes, l'éclat d'une robe rouge dans ce splendide décor aurait suffi pour attirer les yeux d'un peintre ; mais l'attention de celui-ci fut fixée plus encore par les allures singulières

179

du prélat. Il circulait dans la longue galerie sans s'y asseoir jamais. Passant d'une vitrine à l'autre, montant aux échelles, il choisissait des livres un peu partout, et, toujours lisant en marchant, il s'en allait emportant sa provision sous son bras.

Souvent occupé de sa lecture, il s'arrêtait au milieu de l'escalier de marbre blanc recouvert d'un tapis somptueux.

Alors, les tons sombres et puissants des laines de Smyrne exaltaient l'écarlate éclatant de sa soutane, dont les plis s'étalaient sur les marches en cascade rutilante. Et toute cette silhouette rouge se détachait devant la perspective fuyante de la voûte, se perdant au loin dans les reflets éblouissants d'une grande baie ouverte sur les jardins ensoleillés. Tout cela formait un ensemble de couleurs à faire frétiller d'impatience des pinceaux dans leur boîte; mais la physionomie du personnage avait aussi de quoi tenter un artiste. La tête, coiffée de la barrette carrée, encadrée de cheveux argentés soigneusement bouclés, était belle, et l'expression de ce visage digne, heureux et bon, inspirait la sympathie. Les yeux étaient baissés vers le livre qu'ils lisaient; mais à travers les cils on devinait l'éclat des prunelles, et une pointe de malice perçait au coin des lèvres, esquissant un sourire. En somme, c'était un tableau à faire, et le peintre le fit.

Maintenant, il se trouvera peut-être quelque part des curieux — il y en a partout — qui voudront savoir quels sont les livres choisis, et surtout quel est, parmi ceux-ci, celui dont la lecture intéresse si fort ce personnage. On pourra leur répondre qu'un peintre n'est pas un policier et ne pouvait se livrer à une enquête à ce sujet. Le seul moyen de satisfaire les indiscrets, ce serait de leur donner le nom et l'adresse du cardinal, pour qu'ils puissent le questionner lui-même.

Seulement, cela, c'est le secret professionnel, et le peintre ne le livrera pas.

L'ÉLÈVE DISTRAITE

Lettre de Louise à son amie Valentine.

Ma chère Valentine,

J'ai devant moi quatre belles pages de papier satiné couleur de rose pâle, et trois grandes heures de liberté pour écrire à l'amie de mon cœur. Je suis heureuse.

Tu vas être étonnée que j'aie aujourd'hui tant de loisirs, quand, au contraire, je me plains toujours que mes études m'en laissent si peu. Eh bien, étonne-toi encore plus d'apprendre que ce sont justement mes études qui me font ce loisir. Tu vas voir !

Tu sais que mon oncle le cardinal a entrepris de compléter lui-même mon instruction, et, comme il a la passion de la géographie, il l'assouvit dans des leçons interminables. Il va du Canada au cap Horn, il traverse les mers, les îles, les continents, il franchit les montagnes. Rien ne l'arrête : ni les déserts, ni les glaces éternelles.

182

Je dois avouer que l'élève est souvent tant soit peu distraite. J'ai bien la main appuyée sur la sphère, et mon doigt suit le tracé des voyages que prolonge le professeur infatigable ; mais, par la grande baie, entre les colonnes, je vois par-dessus le balcon, à travers les grands arbres du parc, la surface lumineuse du lac, sur lequel vont se promener mes folles cousines. La barque passe et repasse ; on entend des éclats de rire joyeux. Tout m'attire là-bas, tout m'appelle. Hélas ! entre mon œil et cette vision de liberté s'interpose la silhouette du professeur. Il est en extase, ses regards plongent dans l'infini, et sa main levée, tenant un crayon, trace dans le vide des signes inconnus. Ce qu'il écrit ainsi sur l'espace, la pauvre élève le voit en lettres de feu. C'est ce que vit Dante au-dessus de la porte de l'Enfer : « Perdez toute espérance ! »

Et la malheureuse, comme l'esclave attaché au banc de la galère, continue son triste voyage autour des hémisphères de papier peint.

En somme, la philosophie qui se dégage de ces sombres leçons, c'est que la Terre s'empresserait de valser follement à travers le ciel, si Dieu ne la maintenait dans sa route régulière ; comme la sphère de carton roulerait au hasard par toute la maison, si le pied d'ébène qui la porte ne la fixait dans sa position rigide ; comme aussi la pauvre Louise s'en irait vagabonder en plein air si son professeur ne la retenait dans ses devoirs d'élève.

Or, entre ces équivalences, si je veux faire une comparaison, il me faut, scientifiquement, assimiler mon oncle au bon Dieu lui-même, ou à un pied d'ébène. Ce serait aussi exagéré qu'irrespectueux. Cependant, la science ne pouvant se tromper, voici ce que ma petite jugeotte m'a permis de conclure : mon oncle peut être à la fois comparé à Dieu et au pied d'ébène, parce qu'il a un peu des deux, une bonté et une charité divines, et, aussi, la rigidité inflexible d'un morceau de bois, mais d'un bois poli et bien tourné.

Maintenant que tu connais l'importance que la géographie a prise dans mon existence, je vais t'expliquer le parti que j'en ai tiré. Un jour, je me suis écriée, avec un air de profond regret : « Quel dommage que ma chère Valentine ne puisse aussi profiter des leçons merveilleuses que vous me donnez, mon bon oncle ! Si vous vouliez m'autoriser à les lui envoyer par écrit, vous feriez deux heureuses. » Le petit appât flatteur que j'avais attaché à l'hameçon fit très bon effet, et ça a mordu tout de suite. Le cher homme a trouvé mon idée excellente. « Certainement, dit-il, et cela te sera très profitable. Le meilleur moyen, pour apprendre soi-même, c'est d'enseigner aux autres. Aussi ferais-tu mieux encore, ne te bornant pas à cette seule science, d'entretenir ton amie de tout ce que tu étudies. »

Voilà comment, au lieu de prendre quelques instants sur mes récréations pour causer avec toi, je pourrai y consacrer dorénavant une partie de mes heures d'étude. Quand je verrai entrer dans ma salle la grande robe rouge qui, malgré moi, me rappelait l'Inquisition, je n'aurai qu'à dire : « J'écris à Valentine », pour qu'on respecte ma solitude.

Naturellement, je devrai montrer les brouillons de mes lettres; mais je ne serai pas longue à les faire. C'est étonnant comme j'ai le travail facile depuis qu'il rachète ma liberté. Ainsi, je viens de t'écrire une leçon sur la Patagonie, hérissée de difficultés grammaticales, dont mon professeur sera certainement ébahi, et cela ne m'a pris qu'une heure. Si j'avais rempli mon enveloppe avec ce bouquet pédant, je n'aurais plus eu de place pour mon bavardage, et c'eût été te faire une mauvaise plaisanterie. Cependant, pour que tu juges à quel point je prends mon rôle de sous-maîtresse au sérieux, voici le début de cette lettre que tu ne recevras pas. C'est une variation sur la conjugaison du verbe *savoir :*

« Quoique l'on soit assez modeste pour savoir qu'on ne sait pas grand'chose, on ne saurait, que je sache, ignorer que ce qu'on n'a jamais su. Or, malgré que j'en susse autant en géographie qu'en autre chose, il paraît que je n'en savais rien! Ah! mais, élève Valentine, vous m'apprendrez cette phrase par cœur. Non! je veux que tu ne mettes dans ton cœur que le souvenir de ta Louise qui t'aime! »

Lettre de Valentine à son amie Louise.

Ma chère Louise,

Tu m'écris sur du papier rose pâle; je devrais te répondre sur du papier rouge de colère, car je viens de subir une scène effroyable de mon tuteur, et, justement, je n'ai jamais été aussi innocente; ça n'est pas avoir de chance.

J'en arrive à regretter le couvent. Au moins, là, je t'avais! Oh! nos belles illusions, est-ce qu'elles vont s'égrener ainsi qu'un chapelet rompu? En voici toujours une de partie!

Tu te souviens que nous espérions avec joie qu'étant toutes deux orphelines dès l'enfance et nièces de cardinaux, le ciel continuerait à nous réserver le même sort.

Hélas ! nous pouvons, dès à présent, juger combien fut vain notre espoir !

Ton oncle est froid, sévère et de science un peu tyrannique ; mais il est d'un caractère doux. Et puis, tu as pour tuteur ton autre oncle, le général, qui doit comprendre de certaines choses que l'Église ignore. Je sais bien que ses occupations militaires ne lui permettent pas de t'aller voir souvent ; mais il t'envoie ses filles, et, si des cousines ne sont pas toujours des amies, ce sont au moins des compagnes. Voilà pour ta famille. Quant à toi, quoique pleine de malice, tu es angélique. Comment, avec tout cela, ne serais-tu pas heureuse ?

Moi, j'ai un oncle qui est à la fois mon tuteur et mon seul parent. Le tien te tutoie et t'ennuie un peu quelquefois. Le mien me dit vous, comme à une princesse ; seulement, il me sermonne à tout propos. Alors, étant ce qu'il y a de plus violent et impétueux, il s'emporte comme une soupe au lait, et sa nièce, qui, comme caractère, est absolument son portrait, forcée de se taire par le respect qu'elle lui doit, dévore en silence des colères folles. Tu vois d'ici le petit enfer mignon !

Du reste, tu vas en juger sur le récit de notre dernière tempête.

Depuis quelque temps, je travaille dans la bibliothèque, mon tuteur m'ayant chargée d'y classer de vieux manuscrits dont les pages éparses se promenaient un peu partout. C'est très beau, tous ces antiques missels sur lesquels ont pâli des générations de bénédictins. On y voit de bien curieuses enluminures, c'est vrai ; mais on finit par s'attrister dans cette grande salle obscure, tapissée de boiseries sombres où brillent seuls quelques éclats d'or isolés sur les grands écussons sculptés. On y respire une odeur de vieux parchemins moisis. Chaque fois que j'y vais, j'apporte des fleurs plein mon chapeau.

Ceci est le décor ; voici le drame :

Premier acte. — Je viens de regarder longtemps un paradis minuscule, avec trinité, anges, archanges, chérubins, peint tout entier dans l'intérieur d'une lettre gothique ; mes yeux, fatigués, se reposent en contournant les grands rinceaux qui décorent un panneau d'entre-colonnes. J'aperçois une fente qui se prolonge droite à travers toutes les sculptures, même à contre-fil du bois. Qu'est-ce que c'est ? Je m'approche, je tâte, je cherche, je trouve. Au centre d'une petite rosace, un bouton cède sous la pression du doigt, une porte s'ouvre. C'est une armoire secrète, pleine de livres.

Deuxième acte. — Je prends un de ces livres au hasard ; mais, à peine l'ai-je entr'ouvert, que mon tuteur, entré sans bruit, se dresse à côté de moi.

« Malheureuse ! s'écrie-t-il en croisant les bras, quand je vous croyais plongée dans la lecture des livres saints, vous étiez en train de vous damner ! Comment avez-vous découvert cette armoire, dont j'ignorais moi-même l'existence ? N'avez-vous pas compris que, pour avoir pris soin de la si bien dissimuler, il fallait qu'on n'eût à y cacher que des choses dangereuses ! L'oisiveté, la curiosité conduisent à tous les péchés.

« Surtout, ne me répondez pas, je vous le défends ; vous mentiriez. Rentrez dans votre chambre et priez jusqu'à ce que j'aille vous signifier la punition que vous avez méritée. »

Puis il m'arrache le livre des mains. Je me lève toute tremblante et gagne la porte sous son regard menaçant, poursuivie jusque dans l'escalier par les grondements de sa voix de stentor.

Troisième acte. — Je suis dans ma chambre, furieuse, outrée de tant d'injustice. Je casse tout ce qui me tombe sous la main et... me voilà calmée. Tu connais mes colères, toi qui as si souvent eu à me les pardonner ; ça ne dure pas longtemps.

Le *quatrième acte* ne viendra probablement que demain matin. On me montera à dîner ici, et j'aurai le temps de relire ta si malicieuse lettre pendant l'entr'acte.

Je t'avoue que je n'ai pas très peur. Quand mon oncle aura mis en pièces une partie des livres de l'armoire secrète, il se calmera aussi. D'abord, ces livres sont peut-être très pieux et simplement archi-précieux. Si, au contraire, Satan les a lui-même écrits de sa propre griffe, mon aimable tuteur ne le pourra savoir qu'en les lisant, et alors, c'est lui qui sera damné !...

———

LE CRUCIFIX

A Nuremberg, il est une maison plus pittoresque encore que les autres. Les marchands qui l'ont possédée de père en fils, depuis plus d'un siècle, l'ont remplie de toutes les richesses, de toutes les curiosités, de toutes les épaves que, pendant de longues guerres, les rapines et la misère avaient dispersées. La cour intérieure de cette maison est un véritable Capharnaüm bien connu des amateurs, qui y trouvent toujours ce qu'ils cherchent.

Un jour, deux prélats y achetèrent un crucifix en ivoire, d'un prix inestimable. La scène de marchandage, où le vendeur s'efforçait de vanter ce que les acheteurs devaient forcément dénigrer, fut, paraît-il, d'un comique épique. Des touristes qui y ont assisté racontent qu'alors des voix étranges, qui semblaient sortir des gueules grimaçantes des vieilles gargouilles, se mirent à chuchoter, et les voyageurs entendirent ces paroles : « Ils le vendront toujours ! » A moins qu'ils ne les aient eux-mêmes prononcées et que les gueules de métal n'en aient renvoyé que l'écho.

CHEZ LE PEINTRE

Ce n'est pas en présence de personnes étrangères, comme dans les musées publics, que l'on peut étudier les amateurs. C'est dans les galeries particulières ou dans les ateliers qu'ils sont vraiment eux-mêmes ; encore faut-il, pour qu'ils se livrent entièrement au sentiment qu'ils éprouvent, que le mécène et l'artiste soient absents ou, du moins, ne se montrent pas.

Autant les spectateurs, dans une salle de théâtre, sont communicatifs et témoignent facilement leurs impressions, autant les amateurs sont réservés ; ils ont les sensations égoïstes. Tellement grande est, chez eux, la crainte qu'on ne connaisse leur pensée, qu'ils ne parlent pas, même se croyant seuls, sachant que les murs ont des oreilles ; mais ils ne pensent pas que les murs ont aussi des petits trous, et que par là un œil indiscret peut les voir, qu'aucune de leurs expressions les plus fugitives, qu'aucun de leurs moindres gestes n'échappent à l'observateur, et que celui-ci peut ainsi lire, à livre ouvert, au plus profond de leur âme.

Par exemple, voici trois personnages qui regardent un tableau qu'on ne voit pas ; ils n'ont pas parlé ; tout au plus chacun d'eux a-t-il exhalé une exclamation.

Le premier : « Eh ! eh ! »

Le second : « Peuh ! »

Le troisième : « Oh !... »

Cependant, il ne serait pas difficile d'écrire tout au long ce qu'ils pensent de ce tableau que renferme le cadre mystérieux.

Tout ceci, du reste, ne fait que corroborer une observation depuis longtemps faite : c'est que, devant un spectacle quelconque, le visage du spectateur reflète, comme un miroir, le caractère de ce qu'il voit. Les amateurs possèdent cette faculté au suprême

degré, puisque, lorsqu'ils sont en contemplation devant une œuvre d'art, estampe, dessin, tableau, statue, on pourrait ne pas voir ce qu'il y a dans le portefeuille, dans le cadre ou sur le piédestal, que l'on devinerait le sujet de ce qu'ils regardent, en même temps que ce qu'ils en pensent, rien qu'à leur physionomie et à leur attitude.

UNE MARTYRE INCONNUE

Pour me conformer au goût des amateurs, en général, je n'aurais pas dû faire cette aquarelle, parce que le sujet ne permettait pas de présenter le personnage autrement que de dos. En effet, il est impossible de montrer à la fois, de face, un tableau et le spectateur qui le regarde. Puisqu'ils sont vis-à-vis l'un de l'autre, quand l'un est vu par devant, l'autre l'est forcément par derrière. Or, le tableau ne pouvant être vu à l'envers, ni même de profil, c'est le spectateur qui doit être sacrifié.

Il est vrai qu'en combinant un jeu de miroirs, et en plaçant le tableau sur un chevalet, dans une certaine incidence, on pourrait résoudre le problème ; mais pas dans le cas actuel, où la peinture que l'on admire est fixée sur un mur.

Alors, dira-t-on, pourquoi un artiste traite-t-il un sujet dans ces conditions si défavorables, que, l'unique visage humain s'y trouvant dissimulé nécessairement, il se prive ainsi du principal moyen qu'il aurait d'intéresser son public ?

Je répondrai à ceci que la caractéristique d'un individu n'est pas seulement dans sa tête, attendu que l'expression de ses sentiments ne se traduit pas que sur les traits de son visage. Ses mains, ses pieds, ses membres ont des gestes, son corps des attitudes qui trahissent souvent ses plus secrètes pensées. Ses cheveux, sa barbe, ses vêtements, même les objets familiers qu'il porte, lunettes, canne, parapluie, ombrelle, ont une physionomie révélatrice pour l'œil exercé d'un observateur.

Donc, les conditions exceptionnelles du sujet en question m'offraient une occasion, montrant un homme sans figure, de faire néanmoins comprendre ce qu'il pensait, et je n'ai pas résisté au désir de l'essayer.

Voici, sur la muraille d'un salon, une peinture signée Boucher, représentant une baigneuse surprise par un berger qui cherche à lui attacher les bras avec une corde, fantaisie galante comme on en trouve dans tous les musées. Mais ce salon n'est pas un musée, on le voit tout de suite. Un bouquet artistement disposé dans un vase, un chapeau de jardin, quelques fleurs fraîchement cueillies, un voile de gaze, négligemment jetés sur un canapé, nous indiquent qu'on est à la campagne, qu'il y a au moins une femme dans la maison et qu'elle y est familière. Le mobilier de style Empire, la

cheminée de style Louis XVI, le tableau plus ancien encore nous prouvent que plusieurs générations ont vécu là, respectueuses des choses que leurs ancêtres y ont
laissées. Il est donc présumable que nous sommes dans un de ces vieux châteaux,
demeures familiales, à l'hospitalité d'autant plus facile que les hôtes en sont riches,
car on n'a pas des œuvres d'art de cette valeur dans de modestes intérieurs.

On ne voit pas non plus d'œuvres d'art d'une telle galanterie chez des prélats ; celui
qui se promène dans ce salon n'y est donc pas chez lui. Il n'y est pas en touriste ni
même en visite, puisqu'il n'a pas de chapeau ; c'est donc un invité, et un invité qui
vient pour la première fois, car il n'avait jamais encore vu le tableau de Boucher.

192

S'il l'avait vu, il en aurait compris le sujet et ne l'aurait plus regardé ; s'il n'en avait pas compris le sujet, il aurait demandé qu'on le lui expliquât. On lui aurait tout au moins répondu que c'était une bergerie, et il ne s'intéresserait pas à ces fadeurs, à moins cependant qu'il ne fût grand amateur d'art. Mais il ne l'est pas.

Qu'en savez-vous ? dira-t-on. Et c'est ici que l'observateur fait son petit travail.

Un amateur ne regarde pas un tableau comme le fait tout le monde. L'amateur, devant l'œuvre d'art, s'installe ; il se campe sur une ou sur les deux jambes, et, s'il bouge, c'est pour s'avancer, afin de voir les détails, ou se reculer, pour mieux saisir l'ensemble d'un seul coup d'œil. Or, considérez ici le mouvement de notre spectateur. Le pied un peu de profil, l'inclinaison du corps, la position des bras indiquent qu'il marchait, non pas au-devant du tableau, comme s'il eût été attiré par le charme artistique ; il marchait à côté, il passait ! Mais voilà que, tout à coup, ses yeux myopes ou distraits, qui de loin n'avaient rien distingué, aperçoivent une femme que l'on semble violenter ? que l'on garrotte ? que l'on martyrise ? Il s'arrête intéressé ; il croyait cependant connaître l'histoire de toutes les victimes chrétiennes célèbres, et il reste intrigué devant une martyre inconnue.

Vous objecterez qu'il semble impossible qu'à son âge, même un cardinal n'ait jamais vu dans les musées des sujets analogues.

Et qui vous dit qu'il ait jamais regardé des tableaux ailleurs que dans les couvents et les cathédrales ? Je connais des gens, qui ne sont pas d'Église, et qui cependant n'ont jamais mis les pieds dans une galerie de peinture.

Maintenant, étudiez ce crâne. Toutes les bosses que Lavater consacre aux passions, aux arts, à la fantaisie, y sont remplacées par des creux. Les cheveux, si peu qu'il en reste, ont encore l'aspect rébarbatif et broussailleux de ces chevelures qu'une main de savant fouillasse et tourmente pendant les pénibles gestations du cerveau. Les mains rudes, aux doigts spatulés, aux articulations noueuses, disent à qui sait voir : « Cet homme est actif, studieux, pratique ; il a toutes les qualités qu'il faut pour faire un missionnaire, un érudit, un mathématicien, un soldat, un financier ; mais tout ce qui est art lui est totalement étranger. »

Voilà tout ce que j'ai la folle pensée d'avoir mis dans le dos de mon bonhomme. Si vous le regardez longtemps, vous finirez peut-être, avec beaucoup de bonne volonté, par l'y voir vous-même.

LE BIBLIOPHILE

194

 m'a dit, cher monsieur Blumen-
stiel, que vous désiriez avoir une
lettre explicative au sujet d'un tableau
que j'ai terminé dernièrement et dont
vous êtes devenu acquéreur. Je m'em-
presse de répondre à votre désir. Ce
me sera un moyen de vous remercier
de l'honneur que vous me faites en
daignant vous intéresser à mes œuvres.

Le tableau en question, intitulé *le
Bibliophile*, représente un coin de bibliothèque pittoresque qui ne brille pas par
l'élégance, car de sombres tapisseries et
de vieux meubles d'un autre âge en sont les seuls ornements ; mais sur les rayons où
sont rangés les livres, se cachent de vrais trésors. Voici, bien en évidence, appuyé au
pupitre d'un antique lutrin, le plus précieux de tous, une bible hollandaise dans sa
reliure primitive, non pas intacte, mais au moins respectée. C'est la dernière trouvaille, la pièce rarissime longtemps convoitée, disputée à prix d'or, et enfin obtenue
et placée dans le sanctuaire.

En l'absence du maître du logis, un visiteur a été introduit. C'est un cardinal qui,
lui aussi, doit être grand appréciateur des merveilles de l'imprimerie ; car, avant de
se débarrasser de son manteau, sans même prendre le temps de déposer canne et
chapeau, il s'est précipité sur le vieux bouquin qu'il feuillette lentement.

Ce que j'ai cherché à rendre dans cette peinture, c'est la physionomie d'un bibliophile en arrêt devant un livre. Tous les fervents adorateurs de l'art de Gutenberg
ne se ressemblent pas ; aussi en a-t-on fait la classification. Il y a les lettrés et les
érudits, qui aiment les livres pour ce qu'ils contiennent, les antiquaires, qui les
recherchent pour leur ancienneté, les bouquinistes, à l'affût de toutes les éditions
épuisées, qui ne les prisent que pour leur rareté, enfin les artistes, que séduisent les
curieuses enluminures et les belles reliures.

Il y a bien des passions dans ces têtes-là : de l'amour, de l'envie, mais aussi de la
noblesse que donne toujours l'érudition jointe au goût des arts.

Voilà, cher monsieur, l'explication de mon personnage ; d'ailleurs, étant vous-

même amateur de toutes les belles choses,
vous serez capable, plus que quiconque,
de comprendre ce que peuvent penser tous
ces passionnés de livres rares et curieux.

Recevez, cher monsieur Blumenstiel,
avec encore tous mes compliments, l'assu-
rance de ma plus parfaite considération.

J.-G. Vibert.

LIVRE DIX-NEUVIÈME

BÉATITUDES

LE BOUQUET DE ROSES

LA PARTIE D'ÉCHECS

FAR NIENTE

LES CINQ SENS

LE DISCOURS SUR L'ABSTINENCE

AU RÉGIME

LE BOUQUET DE ROSES

ANS un parc magnifique, sous des arbres cen-
tenaires, s'élève un banc de marbre blanc
demi-circulaire où sont sculptés des chimères
et des blasons. Ce banc est terminé par un
pilier que surmonte un grand vase de faïence
bleu turquoise, tout rempli de pensées aux
pétales de velours, au cœur d'or ; au fond,
un lac ensoleillé, dans les eaux duquel un
kiosque aux colonnes élégantes reflète son
architecture orientale. Au premier plan, sur
le banc, est assis un homme tout de rouge
habillé que ses semblables vénèrent et nomment un cardinal. Près de lui est un
panier rempli de roses éblouissantes fraîchement cueillies, qu'il prend une à une et
dont il compose avec art un bouquet.

Un doux zéphyr circule, balançant les feuilles sous la futaie, irisant la surface des
eaux et portant partout les nouvelles de la nature. Il susurre en passant : « Sachez que
parmi ses compagnes, dans le vase d'azur, une pensée vient de naître ; elle est charmante, mauve et jonquille ; ses tendres pétales sont encore à demi roulés dans leur
étui vert. » Un papillon qui passait, entendant ces paroles, vite accourt en zigzag pour
saluer la nouvelle venue, et, dès qu'il l'aperçoit, en tombe éperdument amoureux.

Parmi toutes les pensées, il y en avait de mauvaises, qui élevèrent la voix.

« Si tu veux, dirent-elles, épouser notre sœur, il faut d'abord satisfaire notre curiosité. Nous voulons savoir pour qui l'on fait ce bouquet ; tous les jours, cet homme
en fait un semblable, et, de toutes les roses qu'il coupe, aucune ne revient pour nous
dire où elles ont été. Toi qui peux les suivre avec tes ailes, quand on les emporte,
va : pour prix de ta complaisance, à ton retour, tu pourras boire au calice de celle
qui va s'ouvrir. »

Ainsi fut fait. Le papillon partit avec l'homme et les roses ; il vit emballer le bouquet, puis écrire une adresse sur le paquet. Il le suivit jusqu'à la gare.

Soudain, perdu dans un nuage de vapeur, il entendit un sifflet strident, et puis,
plus rien. Il s'en revint, noir de fumée et tout penaud, sans rapporter le secret.

Le pauvre papillon ne savait pas lire.

LA PARTIE D'ÉCHECS

Si vous n'avez jamais joué aux échecs, ce tableau ne peut vous intéresser que comme la représentation d'un jeu quelconque où l'un perd et l'autre gagne. Mais si vous êtes initié au culte dont Philidor est le grand-prêtre, et pour tant soit peu que vous en soyez fanatique, vous pourrez comprendre la physionomie des deux joueurs.

La bataille n'est pas définitivement perdue ; un coup de génie la pourrait encore sauver. Aussi y a-t-il dans l'expression du futur vainqueur un sentiment de sarcasme et d'ironie qui manquerait de générosité après un triomphe définitif. Généralement, ces situations-là se prolongent, parce que, tant qu'il n'est pas vaincu, l'un conserve une lueur d'espoir, et que l'autre augmente les délices de la victoire en contemplant l'agonie de son adversaire. Les joueurs d'échecs sont-ils donc des sauvages ? Hélas ! tous ceux qui se battent ne le sont-ils pas un peu ?

202

FAR NIENTE

ATAN ne peut pénétrer dans le Paradis, on le sait ; mais il y monte quelquefois pour affaire, comme, par exemple, quand il y a discussion sur le compte des âmes qui lui reviennent : ce que, dans le langage de la justice humaine, on appelle une erreur de greffe. Alors, il reste en dehors de la porte, et c'est le bon saint Pierre qui sort pour lui parler.

Un de ces jours-là, toutes les affaires étant terminées, le bon saint Pierre et son interlocuteur étaient restés à bavarder de choses et d'autres, ainsi que cela leur arrivait souvent ; car la discussion est la plus grande distraction des esprits, et elle était facile à naître entre eux deux, qui sont toujours essentiellement d'un avis contraire.

« Tenez ! disait le Diable, voyez donc cette petite fumée bleuâtre qui monte en spirale légère ; savez-vous d'où elle vient ?

— Parfaitement ! d'un cigare excellent, ma foi !

— Et qui le fume ?

— Une de nos Éminences.

— Vous y êtes ; et, quand viendra l'heure de recueillir son âme à celui-là, nous n'aurons pas de discussion.

— Oh ! certes, non !

— Vous reconnaissez qu'elle m'appartient déjà ?

— Pas du tout, au contraire ; aucune jamais ne fut plus digne du Ciel.

— Vous voulez rire ? Des sept péchés capitaux, je lui en connais au moins quatre sur la conscience.

— Alors, nous devons faire confusion sur la personne. J'entends parler de ce prélat jeune et beau qui se repose en ce moment sur sa terrasse.

— Parfaitement. Étendu nonchalamment sur un moelleux fauteuil recouvert de brocard, les reins appuyés et les pieds étendus sur des coussins de velours, abrité du trop grand jour sous un large parasol de damas de soie rose.

— C'est bien lui. Il fait la sieste, le digne homme !

— La sieste.... la sieste.... en tout cas, longtemps prolongée, à l'heure où tous les êtres créés travaillent dans la nature. Dans la belle langue italienne, on nomme cela *il dolce far niente* ; mais, à mon compte, c'est bel et bien le péché de paresse.... Et d'un !

— Un instant ! reprit saint Pierre. La paresse consiste à ne pas exécuter la part de travail que Dieu exige ; mais il n'est pas dit que le travail doive être forcément manuel. Le corps peut être inactif, si l'esprit s'occupe à de nobles pensées. A vous entendre, cher monsieur d'Enfer, il n'y en aurait plus que pour vous. Alors, il faudrait vous livrer, comme damnés, tous les saints ermites, moines, chanoines, abbés, tous ceux enfin qui, se condamnant à l'oisiveté sur la terre, vivent du labeur des autres, pour se mieux consacrer à l'amour du Seigneur.

— Eh ! mais, ce serait assez mon avis, digne portier du Ciel. Cependant, je ne vous chicanerai pas sur la paresse ; j'ai mieux que cela pour m'attribuer l'âme de ce pécheur. Voyez ! il a près de lui, à la portée de sa main, des oranges dont les tranches savoureuses rafraîchissent ses lèvres enfiévrées par l'âcreté du tabac. Et ce flacon de liqueur capiteuse qu'il boit par petites gorgées, pour mieux déguster sa saveur exquise. Et ce pur havane dont il aspire avec délice la fumée odorante qu'il rejette lentement par petites bouffées, pour mieux s'imprégner de son délicieux parfum. Qu'est-ce que c'est que tout cela, si ce n'est pas de la gourmandise ?... Et de deux !

— Halte-là ! fit le bon saint Pierre éclatant de rire au nez du Diable ; voilà maintenant la fumée d'un cigare qualifiée de gourmandise.

— A moins, reprit Satan un peu vexé de cette hilarité, que vous ne vouliez prétendre que ce cigare est un nouvel encens qu'on brûle à la gloire de votre maître.

— Et pourquoi pas, mon cher Fleur-de-Soufre ? Pour vous, il n'en est d'autre que l'odeur de la corne brûlée ; mais, pour nous, toute fumée qui monte au Ciel peut être un encens que Dieu accueille avec la même faveur, aussi bien celle qui s'échappe des encensoirs dorés que celle qui sort de l'humble chaume du pauvre à l'heure de la prière.

— Soit donc ! dit le démon en ricanant à son tour ; acceptons la pipe comme l'encensoir du prolétaire et passons encore sur la gourmandise. Mais, pour ce qui est de l'orgueil, par exemple, je vous tiens ; vous ne pourrez nier qu'il ne commette ce péché outre mesure, et je m'y connais : c'est le mien !

— Hélas ! nous le savons.... même l'orgueil de la chute ! Cependant, ce n'est pas une raison pour en accuser les autres, et j'attends que vous m'ayez convaincu avant de réprouver ce pauvre cardinal.

— Comment ! s'écria l'ange déchu, vous ne voyez pas ces armoiries sculptées aux frontons de ses palais, peintes sur ses équipages avec cette fière devise : *Toujours plus haut !* et cette fortune immense dont il emploie les revenus en dépenses fastueuses,

205

tableaux, statues, livres rares, dont il compose un musée qui perpétuera le souvenir d'un grand nom destiné, sans cela, à s'éteindre avec lui ?

« Et cette passion qu'il a pour des oiseaux stupides, mais richement parés par la nature, ces paons nourris dans ses jardins, inutiles et vaniteux comme leur maître, qui suivent en faisant la roue tous ceux qui, comme lui, sont vêtus de la pourpre éclatante ? Vous n'allez pas, je suppose, soutenir que cela est de l'humilité chrétienne, quand vous-même, le chef des apôtres, n'avez d'autre nom que celui de Pierre, d'autre vêtement qu'une robe de laine, d'autre ornement qu'une petite mèche frisée sur le haut du crâne, et d'autre signe distinctif que les clefs qui sont l'attribut de vos humbles fonctions de portier ?

— Arrêtez ! dit l'apôtre avec dignité, n'introduisons pas de personnalité dans la discussion. Vous espériez peut-être, malin esprit, que, parlant à mon tour de cornes, de queue et de pieds fourchus, j'aurais entamé une dispute dont les exclamations auraient pu être entendues de là-haut. N'y comptez pas, démon tentateur, pas plus qu'à me faire blâmer ce que font les représentants de l'Église. Quoique, à la façon dont vous présentez les choses, la différence semble en effet bien grande entre ses premiers apôtres et leurs successeurs, je ne saurais faire un crime à un cardinal de porter le nom glorieux de ses aïeux et de jouir de la fortune que ceux-ci lui ont laissée, pas plus qu'on ne reproche à une volaille le superbe plumage que le Créateur lui a donné.

— Allons ! reprit Satan, décidément, je joue de malheur ; me voici encore repoussé sur ce point. Voilà ce que c'est que d'avoir affaire à un saint ; au lieu d'exciter un peu votre bile par mes plaisanteries et d'arriver à vous mettre en colère, je vous ai rendu indulgent à l'excès. Mais je ne me tiens pas pour battu, et je vous défie de

réfuter mes derniers arguments. Que pensez-vous de ce prélat qui prêche aux autres de renoncer aux biens de ce monde, de secourir son prochain, et qui de sa vie n'a jamais fait une aumône ? N'est-ce pas là de l'avarice ?

II. — bb

— Ah ! par mes clefs ! vous venez de l'accuser, au contraire, de prodigalité !

— Eh ! l'une et l'autre se valent ! Qu'importe à la charité l'avare qui cache son or ou le prodigue qui le disperse ? Le résultat est le même pour les malheureux qui restent sans secours.

« Voilà trop longtemps que de misérables victimes du sort, poursuivies par le fouet du malheur, marchent sur le chemin de la vie sans asile et sans pain. Il arrivera un jour où tous les déshérités se révolteront, et alors.... »

Le pauvre saint Pierre, affolé, cherchait à apaiser ce flux de paroles par de grands gestes de bras.

« Chut ! taisez-vous ! Si l'on vous entendait ! Notre-Seigneur Jésus lui-même, quand il était sur terre, n'a jamais osé nous en dire autant ; et c'est au moins étrange que vous, l'esprit du mal, vous preniez plus que lui la défense des malheureux. Mais, si on leur rendait le bonheur possible pendant leur vie, que deviendrait la religion, qui ne le leur fait espérer qu'après leur mort ?

« Alors, le Paradis devient inutile ; c'est le bouleversement de tout, c'est le chaos qui recommence, grand Dieu !... Tout le monde heureux sur la terre !... Ah ! c'est là une idée qui ne pouvait venir qu'au démon ! »

Et le bon apôtre, indigné, disparut en refermant sa porte.

LES CINQ SENS

ANS la cervelle de Basile, il se passa, certain jour, une chose mémorable. Les cinq sens y disputaient entre eux de leur importance respective, et Basile, appelé naturellement à présider aux débats, commença par cette petite allocution :

« Mesdames et messieurs, je veux bien entendre vos plaidoyers, mais à la condition que vous ne compromettrez pas la dignité du sanctuaire, dans lequel vous êtes, par des arguments trop... matériels, et que vous ne sortirez pas du domaine de l'Église, en dehors duquel je ne saurais vous suivre sans manquer à tous mes devoirs.

Avec le Goût, la discussion ne peut manquer de saveur ; la Vue la rendra éblouissante, l'Ouïe un peu assourdissante peut-être ; mais le Toucher y mettra du tact, et l'Odorat lui conservera une bonne odeur de sainteté. Ceci dit, je donne la parole à l'Ouïe ; les dames d'abord. »

L'Ouïe s'exprima en ces termes :

IEU a donné à l'homme la parole ; mais, pour qu'il puisse s'en servir, il a besoin du sens de l'Ouïe. Un enfant, sourd de naissance, est forcément muet. Donc, sans moi, plus de communication entre les humains ; partant, plus de gaieté. L'homme devenu sourd ne rit plus.

« Parmi les plus belles découvertes de la science moderne, le téléphone, qui un jour portera la parole des vivants jusqu'au bout du monde, et le phonographe, qui conservera celle des morts, ne seraient, sans mon concours, que des inventions stériles.

« De tous les arts que les sens ont fait naître, je prétends que la musique, qui

209

m'appartient exclusivement, est au moins le plus ancien ; car, avant le premier berger qui souffla dans un pipeau, l'homme écoutait déjà le chant des oiseaux et devinait les harmonies de la mer rien qu'en approchant de son oreille un coquillage.

« Si, comme tous les autres sens, je suis utile pour la satisfaction des plaisirs et des besoins aussi bien que pour la sécurité, j'offre, sur ce point, des avantages incontestables. Le Goût et le Toucher n'avertissent que des dangers avec lesquels ils sont en contact ; ce qui est souvent trop tard. La Vue et l'Odorat pourraient prévenir plus tôt, leur action s'étendant au loin ; mais, excepté chez les sauvages, on n'a plus, à notre époque, le nez très fin ; quant à la Vue, le moindre obstacle l'obstrue, l'obscurité l'anéantit, et, sur vingt-quatre heures, les yeux sont fermés par le sommeil pendant sept ou huit. Tandis que moi, comme une sentinelle vigilante, je veille quand tous les autres se reposent. »

Après cette péroraison, ce fut le tour de la Vue, qui commença son discours :

« Je ne chercherai pas chicane à mon aimable compagne. Je me reprocherais de causer le moindre chagrin à la vestale de la gaieté, chargée d'entretenir le feu de joie de l'humanité.

« Puisque aussi bien elle reconnaît que nous avons tous eu notre part dans l'éclosion des arts, je lui laisserai dire que la musique en est le plus ancien ; quoique, cependant, dans les fouilles opérées au plus profond des cavernes préhistoriques, si l'on a trouvé des os, perforés de petits trous, qui sont évidemment des rudiments de flageolets, on a découvert aussi, sur les parois de ces cavernes, des images grossières d'animaux, gravées dans le roc, et dont les traits creux étaient quelquefois remplis d'ocre de différents tons, ce qui peut bien passer pour des embryons de peinture et de sculpture. Et, comme si nos ancêtres avaient pu prévoir que les arts se disputeraient un jour la priorité, ces images sont souvent taillées dans l'os même du flageolet.

« Je sais bien qu'entre ces époques lointaines et celle du Paradis terrestre il s'était encore écoulé bien des siècles, et je ne tiens pas à faire remonter mon influence aussi loin. D'autant plus qu'il s'est passé dans ce Paradis des choses regrettables ; et je préfère n'être en rien responsable de la faute d'Adam et Ève. Ce n'est ni la vue du serpent ni celle de la pomme qui ont pu tenter la première femme, mais plutôt ce que Satan lui a dit à l'oreille et qu'elle a répété à son mari. S'ils eussent été sourds, tout le monde serait peut-être encore en Paradis. J'en conclus donc que c'est le sens de l'Ouïe qui a perdu l'humanité. Il faut rendre à César ce qui est à César.

« On vient de vous dire que, privé de la faculté d'entendre, on ne pourrait faire usage de la parole. C'est une grave erreur. On se parle des yeux ; les sourds devinent ce qu'on dit, aux mouvements des lèvres. On se parle par signes ; et les sourds-muets, dans ce genre, ont un langage aussi complet et presque aussi rapide que la parole. D'ailleurs, les humains ne sont pas limités à ce seul moyen d'échanger leurs idées. L'écriture, depuis les hiéroglyphes jusqu'à l'imprimerie, les fixent, les répandent parmi les peuples, les conservent à travers les âges, et, grâce aux traductions, les hommes peuvent, avec leurs yeux, comprendre ce qui se pense et s'est pensé dans le monde entier, bien mieux qu'avec leurs oreilles. Qu'on se souvienne de la tour de Babel !

« Dans l'espèce humaine, il n'y a que deux des cinq sens qui soient actifs et passifs à la fois ; les autres ne sont que passifs, c'est-à-dire qu'ils reçoivent les impressions du dehors pour les communiquer au cerveau ; mais ils ne peuvent rien transmettre à l'extérieur : ce sont l'Odorat, le Goût et l'Ouïe. Cela tient à ce que les organes qui leur sont appropriés, le nez, le palais, les oreilles, sont imparfaits, ou tout au moins dégénérés. En effet, la mobilité du nez chez de certains animaux, comme par exemple la trompe de l'éléphant, et des oreilles chez de certains autres, tels que l'âne, le chien, le lièvre, leur permettent d'exprimer beaucoup de sentiments, dans toutes leurs nuances, principalement la colère, l'effroi, l'inquiétude, la joie. Les gens de cheval devinent très bien les intentions de leurs bêtes aux mouvements de l'oreille.

« Chez l'homme, les narines plus ou moins flexibles peuvent encore signaler le dégoût et palpiter sous l'empire d'une émotion ; mais les pauvres oreilles, aussi inertes que le coquillage dont elles ont la forme, sont absolument incapables de manifester quoi que ce soit. Quant au palais, toujours invisible, s'il avait jamais exprimé quelque chose, au fond de sa retraite, la langue bavarde, qui le touche de

211

si près, l'aurait certainement raconté. Au contraire, les yeux, de plus en plus mobiles et expressifs à mesure que l'on monte l'échelle des êtres organisés, atteignent, dans l'homme, le plus haut degré de perfection ; ils animent son visage, ils en font la beauté ! Non seulement ils expriment exactement toutes les sensations matérielles, tous les désirs, toutes les passions, mais encore toutes les pensées ; mieux que la parole, quand celle-ci s'arrête impuissante à les traduire. Ils sont le miroir fidèle où se reflète l'âme tout entière.

« Mon honorable adversaire a parlé aussi des découvertes merveilleuses pour l'application desquelles la science emprunte son concours. Je le lui accorde ; mais elle voudra bien reconnaître que les lorgnettes, les télescopes, les objectifs photo-

graphiques seraient aussi, pour employer son expression, des inventions stériles, s'il n'y avait pas un œil au bout.

« Grâce aux savants inventeurs, l'Ouïe pourra écouter ce qui se dit sur toute la Terre, soit ; mais elle n'ira jamais plus loin. Tandis que moi, je quitte le globe terrestre, je m'élance à travers l'atmosphère, je le dépasse, je prends possession du firmament, je découvre ces mondes innombrables qui se meuvent dans l'espace, je fais concevoir à l'homme un univers immense, je lui fais pressentir ce qui n'a pas eu de commencement et qui n'aura pas de fin, je le rapproche de Dieu ! »

Ce discours de la Vue avait dû fortement frapper l'esprit du juge ; la dernière période surtout l'avait exalté, et, comme pour corroborer l'argumentation par un exemple, ses yeux avaient pris une expression qui rendait sa physionomie, ordinairement laide, presque belle. Ce fut donc avec une émotion à peine contenue qu'il dit :

« La parole est au Goût. »

Celui-ci, d'un air timide et résigné, avec un peu de l'astuce d'un paysan, dit ceci :

« Après ce magnifique sermon, la cause est entendue et jugée d'avance. Je ne parlerai donc que par acquit de conscience, simplement pour ne pas succomber sans m'être défendu.

« Que suis-je et que puis-je, relégué, comme on vient de le dire, au fond d'une

retraite obscure ? Je n'ai à m'occuper que de soins matériels, d'une incontestable utilité, c'est vrai, mais si prosaïques, dit-on, que parmi tous ceux qui seraient désolés de ne pas m'avoir, il en est bien peu qui consentent à me témoigner de la gratitude. Je suis pour eux comme ces amis dont on accepte les services, et que l'on n'ose avouer connaître devant le monde.

« Puisque chacun ici fait montre de prétentions artistiques, je suis bien forcé de parler de l'art culinaire…. oh ! non, pas pour l'exalter, — je sais trop combien on le méprise aujourd'hui, — mais pour revendiquer son droit d'aînesse, que d'autres

213

voudraient usurper. Quoique je n'aie pas plus qu'eux de preuves absolues, je pense, cependant, que les premiers hommes ont dû se préoccuper de préparer leurs aliments avant de percer des petits trous dans des os et de tapisser d'images le fond de leurs tanières.

« Puis-je me permettre aussi de faire remarquer que toutes les merveilles que la Vue nous a dites, à propos des yeux, ne sauraient lui être appliquées ? Elle ne doit pas tirer gloire de la beauté de l'organe qui lui est attribué ; ce n'est pas elle qui la lui fait, puisqu'il y a des aveugles qui ont des yeux superbes.

« Si les yeux sont, comme elle le prétend, d'autant plus expressifs, dans les êtres créés, à mesure que leur intelligence augmente, leur vue, au contraire, semble s'affaiblir en proportion. Beaucoup d'animaux ont une puissance visuelle bien supérieure à celle de l'homme. Ceux-ci le reconnaissent eux-mêmes, car ils sont flattés qu'on leur dise qu'ils ont un œil d'aigle, de lynx ou de faucon, et je ne crois pas qu'ils soient fiers qu'on leur trouve la délicatesse de goût ou de toucher d'un animal quelconque.

« Il est bien prouvé que chez les humains, à mesure qu'ils se civilisent, la vue,  l'ouïe et l'odorat s'affaiblissent, quand, au contraire, la finesse du goût augmente. Il y a des dégustateurs émérites en toutes choses ; j'en connais un qui arrive à déterminer, rien qu'en goûtant les raisins, de quel terroir ils proviennent. J'ajouterai que, lorsqu'un sens vient à manquer, on le supplée par les autres, qui en acquièrent une plus grande délicatesse. Les aveugles voient avec les doigts, les sourds entendent avec les yeux. Quand on perd le goût, rien ne peut en tenir lieu. Enfin, pour terminer, si l'on a la faculté de se boucher le nez et les oreilles ou de fermer les yeux, on ne peut empêcher son palais de déguster. Le sens du goût, ne pouvant donc être ni remplacé ni supprimé, est indépendant de la volonté. Et si, malgré son humilité naturelle, il ose prétendre à la pre-

mière place, c'est que le Créateur a lui-même désigné son importance en lui donnant des fonctions inamovibles, qu'Il refusait à ses concurrents. »

Basile, revenu de son émotion, la mine recueillie et les lèvres humides, sans
doute de souvenirs gastronomiques évoqués, fit signe à l'Odorat qu'il pouvait parler.

Celui-ci, avec des manières élégantes, des gestes onctueux, délicats, une voix
douce et suave, s'énonça ainsi :

« Il est bien fâcheux que les préopinants aient souvent conduit le débat du côté
des nécessités vulgaires de la vie, quand je l'aurais voulu laisser planer dans le
domaine poétique du rêve, et c'est à regret que je me verrai obligé de les suivre
dans la voie qu'ils ont tracée.

« Il est évident, comme l'a dit le Goût, que les premiers hommes ont dû s'occuper,
avant toutes choses, de leur nourriture ; mais, comme tous les animaux, ils devaient,
par un sentiment instinctif de prudence, flairer d'abord leurs aliments. Cet instinct,
du reste, existe encore et procure aux gour-
mets une de leurs plus grandes jouissances.

« Le discernement des odeurs, dont naquit
l'art des parfums, doit donc avoir la priorité.
Je ne m'en vante pas, je le constate.

« Au point de vue de la sécurité, on doit
plus à l'Odorat qu'aux autres sens, car il
s'exerce non seulement au grand jour, dans
l'obscurité, à longue distance, mais encore à
travers une grande quantité d'obstacles, qui
arrêteraient les ondes lumineuses et sonores,
tant les émanations odorantes sont subtiles.

« Je reconnaîtrai volontiers que la science
ne s'est jamais occupée d'augmenter la puissance de cet organe. Mépris, dira-t-on.

« Ne serait-ce pas plutôt une nouvelle affirmation de cette vérité que l'homme,
si intelligent qu'il soit, ne peut rien ajouter à ce qui est d'essence divine ? S'il eût
pu faire quelque chose pour l'Odorat, il l'eût fait ; car c'est, de tous les sens, celui
qui exerce le plus directement son influence sur le cerveau. Il lui procure les plus
douces ivresses, il peut l'exciter ou l'engourdir, même jusqu'à la mort.

II. — cc

« Pendant les longues heures que prend le sommeil, quand tout le corps repose, que seul le cœur bat et que l'imagination rêve, il n'y a plus de communications avec l'extérieur que par l'Odorat. L'Ouïe prétend qu'alors elle veille. Le Toucher en fait autant, dans la mesure de ses moyens ; une grande clarté pourrait aussi agir sur la Vue au travers des paupières. Je n'ai donc pas voulu dire qu'aucun autre sens que moi ne pouvait être frappé pendant le sommeil ; je dis seulement qu'à moins qu'il ne s'éveille, le dormeur n'a conscience que des sensations de l'Odorat. Si ce dormeur est plongé dans un sommeil assez profond pour que ni le fracas du tonnerre, ni la lueur fulgurante des éclairs, ni les secousses qu'on pourra lui donner, ne le fassent sourciller, on le verra sourire de satisfaction à l'odeur d'un doux parfum.

« Oh ! le parfum ! Suprême jouissance ! Vous le traitez d'inutile. Eh ! c'est justement parce qu'il est inutile qu'il est sublime ! C'est le superflu de l'existence.... Le parfum !... c'est la senteur des bois ! c'est toutes les fleurs !... c'est toute la femme !

— Maître Odorat, s'écria Basile en l'interrompant, vous sortez, non pas de la question, mais des limites dans lesquelles vous avez accepté qu'elle fût circonscrite. Je vous retire la parole. »

A ces mots, le Toucher, n'ayant pas à attendre l'autorisation de parler, puisqu'il était le dernier, entama sa harangue :

« Tout ce que viennent de dire mes confrères n'est pas pratique pour deux sous. C'est très joli de raconter ce qui se passe sur toute la Terre, au Paradis et autour des planètes. Y avez-vous été ? Non. Eh bien, moi, je suis comme saint Thomas : pour croire, il faut que je touche du doigt.

« Cependant, comme notre juge pourrait se laisser influencer par vos belles raisons, je vais les réfuter.

« 1° Adam fut créé tout complet, avec tous ses sens développés au même point. Bien ! Mais son premier enfant est né comme tout le monde, et l'air, entrant dans

216

les poumons, lui a fait jeter son premier cri. Cette première sensation m'appartient ; il ne s'est servi de ses autres sens que plus tard ; donc, à moi la priorité.

« 2° Vous parlez tous des arts qui vous incombent. On ne pourrait en exercer aucun sans moi. Et vous oubliez l'industrie, l'agriculture, la navigation, les armes et tous les jeux de force ou d'adresse, où je vous dame le pion. Sans compter que je peux, même dans les arts, me passer de vous. Il y a des aveugles sculpteurs ; ils écrivent et lisent presque tous. Les sourds peuvent tout faire, même jouer de certains instruments.

« 3° Je suis essentiellement actif et passif, et, à l'envers des avares, je reçois souvent avec peine et je donne avec joie, surtout les coups. Je ne parlerai pas de toutes mes prérogatives, ne voulant pas me faire interdire de continuer, comme mes concurrents en caressent peut-être l'espoir ; vous m'avez compris : cela suffit.

« 4° Un malheureux privé d'un seul sens n'est pas, pour cela, condamné à renoncer à jouir de l'existence, et fût-il même privé de tous à la fois, il pourrait encore vivre ; tandis que, frappé de paralysie totale, il lui serait impossible de suffire à ses besoins sans le secours d'autrui. Le seul moyen raisonnable de décider lequel d'entre nous a le plus d'importance, c'est de demander à notre juge ce qu'il craindrait le plus, d'être aveugle, sourd, sans goût, sans odorat ou paralytique. Or, je crois que, pour toute personne saine d'esprit, poser la question, c'est la résoudre. »

Le pauvre Basile, étourdi par cette dialectique à coups de massue, était resté longtemps pensif. Il se trouvait un peu dans la situation d'un condamné à qui on laisse le choix de son genre de mort. Enfin, il finit par dire :

« Mesdames et messieurs, je ne me sens pas assez compétent pour prononcer moi-même un jugement sur cette affaire ; mais je vous promets de soumettre vos arguments à tous ceux qui voudront bien les entendre, et de vous transmettre la décision du public, s'il me la donne ! »

217

LE DISCOURS SUR L'ABSTINENCE

Frère Placide, écrivez.

« L'abstinence, mes frères !... »

Non ! ne mettez pas mes frères ; je m'adresse à tout le monde.

« L'abstinence, telle qu'elle est réglée par les commandements de l'Église, n'est pas plus difficile à observer que les autres lois ; on n'a qu'à s'y soumettre. Mais, si, par extension, l'on admet ce précepte, que l'abstinence comprend toute privation que l'on s'inflige soi-même dans un but de pénitence, elle devient une vertu et, à ce titre, exige une définition toute particulière, qu'aucun arétologue n'a encore donnée.

« Si beaucoup de fidèles, qui ne sont rien moins qu'abstinents, croient cependant l'être, c'est qu'ils font de l'abstinence un synonyme de sobriété et d'austérité, ce qui est une grave erreur. On est sobre par tempérament, ou bien par nécessité, quand

218

on est pauvre ou malade. Il n'y a donc aucun mérite à l'être. Quant à l'austérité, qu'elle soit exigée par la règle du couvent ou qu'on se la soit imposée soi-même, comme les saints anachorètes et certains grands hommes l'ont fait, c'est un sacrifice accepté d'avance pour toute la vie, sur lequel il n'y a pas à revenir, et qui ne comporte pas ces luttes journalières où la tentation vous tenaille et vous brise.

« L'abstinence vertueuse n'est donc pas celle qui consiste à ne pas être infracteur aux jeûnes ordonnés, parce que ce n'est pas vertu que de ne pas pécher. Ce n'est pas non plus celle qui résulte de l'impuissance où l'on est de s'y soustraire, car ce n'est pas non plus vertu que de subir une nécessité.... »

Ainsi, par exemple, en ce moment, frère Placide, devant les reliefs de ce dîner auquel vous n'avez pas pris part, vous vous imaginez peut-être, dans votre innocence, avoir été plus abstinent que moi qui l'ai mangé. Cependant, ma fortune me permettrait de l'avoir encore plus copieux, mon appétit m'incitait à le dévorer tout entier, mon estomac eût été capable de le digérer, et je n'en ai pris que le strict nécessaire ; tandis que vos reniflements de concupiscence pour ces victuailles, que vous interdisent les règles de votre ordre, sont d'autant plus coupables que vous péchez en pensée avec la certitude de ne pouvoir succomber....

Écrivez, frère Placide, je continue :

« Pour que l'abstinence soit véritablement agréable à Dieu, il faut donc qu'il y ait privation volontaire d'un plaisir permis que l'on serait en mesure de se procurer.... de se procurer.... »

La voix de l'orateur s'éteint peu à peu, et un ronflement sonore indique qu'il est entré dans le domaine du rêve.

Frère Placide, habitué à voir ainsi finir toutes les séances, range ses papiers.

On reprendra le lendemain à la même heure, quand Monseigneur aura fortifié son esprit par une nouvelle... abstinence !

AU RÉGIME

U loin, là-bas, dans la sonorité des vestibules, les valets galonnés et poudrés se suivent en file non interrompue, portant, des offices à la salle du festin, les mets savoureux dont les parfums répandus arrivent jusqu'à Monseigneur. L'odorat expert du riche amphitryon note au passage les plats qui composent le menu savant qu'il a dressé lui-même. Voici la bouillabaisse et la tourte aux écrevisses qui passent. Puis, un léger cliquetis de verre sur du métal se fait entendre : c'est le sommelier qui transporte avec majesté, dans un panier de fer doré, orné d'armoiries, les bouteilles douairières des plus fameux crus.

Hélas ! de toutes ces bonnes choses qui mettent l'eau à la bouche et font monter au coin de l'œil une larme de joie, tant elles doivent être délicieuses, le pauvre homme n'aura rien, absolument rien. De par les ordres sévères des médecins, qu'on n'oserait transgresser, car ils sont, pour cette fois, tous d'accord, Monseigneur est au régime du lait. Tout au plus, lui est-il permis d'y tremper des biscuits. Et cela durera tant que la goutte fâcheuse et opiniâtre continuera de se manifester.

Au sein de tant de splendeurs, dans ce palais magnifique, avec un si bon estomac, un appétit prodigieux, être condamné à cette nourriture rudimentaire ! en être réduit à cette misère !

« Oh ! mon Dieu ! disait en lui-même le malheureux patient levant les yeux au ciel, est-ce que je ne mangerai plus ? Moi qui n'ai jamais découpé une belle poularde, approché de mes lèvres un fruit savoureux, humé le bouquet d'un vin délectable sans rendre grâces au Créateur de toutes les merveilles qu'il nous a données, est-ce que, nouveau Tantale, je ne verrai plus, je ne sentirai plus tout cela, que pour augmenter la torture de n'y pouvoir plus goûter ! jamais ! jamais !

« O Jésus ! si épouvantable que soit ma souffrance, elle ne saurait être comparée aux supplices que vous avez volontairement endurés ; mais vous êtes Dieu, et je ne suis qu'un simple mortel. Je me soumets à votre volonté, j'accepte le châtiment que vous m'infligez pour la rémission de mes péchés ; faites cependant qu'il ne soit pas au-dessus de mes forces, qu'il ne dure pas toujours ! Ce serait déjà l'enfer !

« Si votre bonté me pardonne, recevez le vœu solennel que je vous fais.

« Je jure de distribuer en aumônes le double de la valeur de tout ce que je pourrai manger ou boire à l'avenir. Et si je manque à mon serment, que la colère

céleste me condamne au jeûne absolu, pour l'éternité ! »

Le ciel a sans doute accepté la prière et le vœu de Monseigneur, car il a repris sa place le dos au feu, le ventre à table. Il faut le voir, la fourchette à la main, la figure épanouie, le sourire aux lèvres, les yeux émerillonnés, s'apprêter à entamer une volaille. Voilà un homme heureux. Et il l'est d'autant plus, le bon, l'excellent cœur, que sa gourmandise est devenue de la charité. Il mange pour les pauvres !

LIVRE VINGTIÈME

AUTOBIOGRAPHIE

DE L'AUTEUR

DIALOGUE INTIME

L'AUTEUR

Ma bonne conscience, chère compagne intime de moi-même, je voudrais un conseil ; du reste, je ne vous le demanderais pas, que vous me le donneriez tout de même.

LA CONSCIENCE

Certainement, cher compagnon ; car c'est alors que l'on craint d'écouter sa conscience, qu'on en a le plus besoin.

L'AUTEUR

Je me suis cependant, quelquefois, fait bien du tort, en vous écoutant trop ; mais j'ai du moins la douce consolation de vous avoir su plaire, et, pour conserver la paix de notre bon ménage, je ne veux pas risquer d'encourir le moindre reproche de votre part. C'est pourquoi je désire vous consulter dans la grave affaire que voici : mes éditeurs m'ont demandé de terminer cet ouvrage par une autobiographie. N'est-ce pas là une mission bien délicate ?

LA CONSCIENCE

Il ne fallait pas l'accepter.

L'AUTEUR

C'est juste, mais on l'aurait fait faire par un autre.

LA CONSCIENCE

Qui n'eût peut-être pas dit de vous tout le bien que vous en pensez.

L'AUTEUR

Oh ! pouvez-vous me supposer tant de vanité ?

LA CONSCIENCE

Eh bien, non. Vous auriez plutôt craint, cher maître, que la moindre louange n'effarouchât votre humble modestie.

226

Vous vous moquez à plaisir, excellente amie. Suis-je donc vraiment si ridicule ?

LA CONSCIENCE

Oh ! oui ! ou, du moins, vous le seriez si je n'étais là pour combattre vos secrètes pensées. Car vous n'avez pas l'espoir, je suppose, de me cacher, à moi, le fond de votre âme ?

Vous espérez profiter de cette occasion, qui vous est offerte, pour faire connaître à vos nouveaux lecteurs qu'excellent cuisinier, vous avez inventé et confectionné des sauces dont vos compatriotes se sont léché les doigts ; que, vous servant de la plume à la place du pinceau, vous avez écrit des chansons et des pièces applaudies dans les petits théâtres de la capitale ; que, suivant l'exemple de Molière et vous croyant doué comme lui d'un talent de comédien extraordinaire, vous avez joué vous-même vos productions dans les cercles et les salons artistiques ; puis, qu'ayant la passion de la construction et pratiquant tous les métiers, vous êtes non seulement votre propre architecte, mais ne dédaignez pas, à l'occasion, de travailler le fer, comme le roi Louis XVI, ou de raboter le bois, comme le bon saint Joseph ; qu'enfin, pour couronner l'édifice, vous triomphez comme tapissier. Vous pourriez même, à ce propos, faire sentir que vous dépassez Molière ; car, s'il fut le fils d'un tapissier, il n'en exerça pas le métier.

Je vous vois encore, conduisant le lecteur à travers vos ateliers et votre hall, donner complaisamment des explications pompeuses : « Voyez ce monument de marbre érigé en l'honneur de La Fontaine, mon poète favori ; c'est moi qui l'ai composé. J'y ai fait graver, au frontispice, ma devise, tirée d'une de ses fables :

Travaillez, prenez de la peine....

Ces chimères dorées qui soutiennent le plafond, je les ai sculptées de ma main ; j'ai dessiné ces ornements, fait teindre ces étoffes, et ceci.... et cela.... » Puis, emporté par la folie vaniteuse du propriétaire, vous parleriez avec complaisance de toutes vos installations de campagne, dans lesquelles, entre parenthèses, vous n'avez jamais pu rester....

Oh ! mon ami, que tout cela est puéril et qu'il serait peu digne, aux yeux d'un public qui vous croit un artiste sérieux, de donner de l'importance à tous ces détails oiseux, qui ne sont, en somme, dans votre vie, que de simples distractions !

L'AUTEUR

Permettez, chère amie ; le public désire trouver dans la biographie d'un peintre des détails sur le milieu dans lequel il vit et les conditions dans lesquelles il travaille. Il me semble donc que, sans aller jusqu'à des niaiseries, je dois lui montrer mon atelier, et surtout ma cabane. Les amateurs qui m'ont fait l'honneur d'une visite ont été souvent étonnés de me voir peindre dans cette petite baraque roulante, garnie de tous les ustensiles qui sont nécessaires à mon travail, avec sa lampe électrique, qui me donne une lumière toujours égale, et son téléphone, qui me permet de correspondre, sans me déranger, non pas encore avec le monde entier, mais cela viendra peut-être.

Cette installation, dont le mécanisme m'appartient, est une particularité qui, pour si peu intéressante qu'elle puisse vous paraître, ne peut être passée sous silence, quand il s'agit de faire une description fidèle de mes habitudes.

Les petites manies individuelles sont encore ce qui définit le mieux le caractère d'un artiste, toujours enclin, par état, à un peu de fantaisie.

228

Fort bien ! acceptons l'argument ; mais, alors, je dois prévenir que, depuis quelque

temps, vous avez laissé pousser votre barbe ; car la plupart des gens, ne vous ayant jamais vu ainsi, ne vous reconnaîtraient pas dans le personnage placé au fond de cette petite roulotte. Maintenant, peut-être voudriez-vous aussi parler de votre grand talent d'improvisateur et de vos succès oratoires dans les réunions d'artistes et les salons ?

L'AUTEUR

Pour cela, chère conscience, vous ne pouvez nier que les prêtres qui ont commencé mon instruction aient reconnu, dans leur élève, des dispositions à l'éloquence, puisqu'ils avaient désiré en faire un prédicateur. Et les gens d'église se trompent rarement sur les aptitudes de leurs disciples.

Ah ! je vous conseille de parler des prêtres ! Vous avez bien profité de leurs leçons ! Ceux-là, du moins, ne pourront pas méconnaître votre verve comique ; vous la leur aurez assez fait sentir.

L'AUTEUR

Ne m'avez-vous pas toujours dit qu'un peintre doit peindre ce qu'il voit ? Ce n'est pas ma faute si je les ai vus de si près.

LA CONSCIENCE

Soit ! continuons. Vous désirez aussi, sans doute, que l'on sache qu'ayant fait des études sérieuses sur la chimie des couleurs, vous préparez vous-même celles que vous employez, ainsi que vos vernis ?

L'AUTEUR

Il me semble que c'est assez naturel.

LA CONSCIENCE

Naturel ? Certainement ; toutes les prétentions sont naturelles.

L'AUTEUR

Vous n'allez pas, je pense, me critiquer pour avoir écrit un livre sur la science de la peinture ? Vous y avez collaboré !

LA CONSCIENCE

Je vous en félicite, au contraire ; en donnant à tout le monde les moyens de profiter de vos découvertes, vous avez fait votre devoir ; mais, s'il est vrai que vous soyez plus fort en chimie que la plupart de vos confrères, qui en ignorent le premier mot, vous l'êtes cependant moins qu'un chimiste de profession. Il n'y a donc pas là de quoi se vanter. Si vos couleurs sont réellement plus belles que celles des autres peintres, les amateurs le verront bien sans qu'on le leur dise, et si vos tableaux se conservent mieux, ce n'est que longtemps après vous qu'on pourra s'en convaincre. Toutes les qualités que l'on annonce, si elles ne se peuvent vérifier que dans l'avenir, ne sont qu'affaires de prospectus.

L'AUTEUR

Mais enfin, ne voulant toucher à aucune de ces occupations qui ont rempli mon existence, de quoi parleriez-vous ?

LA CONSCIENCE

Je parlerais du peintre ; je tâcherais d'en expliquer l'être moral comme vous en avez fait le portrait physique. C'est tout ce qu'on désire connaître. Rappelez-vous, mon cher ami, combien l'on s'est moqué de M. Ingres, dont vous n'avez pas la valeur, lorsqu'il semblait plus fier de son petit talent de violoniste que de sa gloire de peintre.

L'AUTEUR

Alors, c'est bien simple à raconter. Jehan-Georges Vibert, né à Paris, rue de Lancry, 7.

LA CONSCIENCE

A quelle époque ?

L'AUTEUR

Le 30 septembre.

LA CONSCIENCE

En quelle année ?... Voyons ! pas de coquetterie !... En 1840 ! Et ensuite ?

L'AUTEUR

Ensuite.... comme tous les enfants qui viennent au monde, j'ai tété ma nourrice.

LA CONSCIENCE

Naturellement. Mais je vous en félicite, car vous en avez beaucoup profité !

Un peu plus tard, j'ai appris à lire, à écrire et à calculer, puis le latin et le grec.

LA CONSCIENCE

De tout cela, vous n'avez pas aussi bien profité ; vous n'avez été, en somme, qu'un écolier médiocre, plus occupé de dessiner des bonshommes sur vos cahiers que d'écouter les leçons de vos maîtres.

L'AUTEUR

Dites tout de suite que je suis un ignorant !

LA CONSCIENCE

Non ! parce que vous vous êtes instruit tout seul, plus tard ; il n'en est pas moins vrai que vous n'avez pas appris ce qu'on voulait vous apprendre. Mais, avec toutes ces digressions, nous n'en finirons pas.

L'AUTEUR

Eh bien, alors, je vous laisse raconter à votre guise et ne m'en mêlerai plus.

LA CONSCIENCE

Cela vaudra mieux, cher ami ; je continue donc. Le jeune Vibert, suivant la loi de l'atavisme, devait être artiste. Son grand-père maternel était le célèbre graveur Jazet, travailleur infatigable et producteur extraordinaire, qui grava à l'aqua-tinte, non seulement presque tout l'œuvre de son ami Horace Vernet, mais encore un grand nombre des principaux tableaux de ses contemporains. Jazet était lui-même neveu et élève d'un autre peintre-graveur, Debucourt, qui, le premier, exécuta des gravures imprimées en couleurs, obtenues par la superposition de plusieurs planches, et reproduisit par ce procédé ses charmantes compositions, dont les épreuves, aujourd'hui fort rares, sont si appréciées des amateurs. Les œuvres de Debucourt, à part l'attrait qu'elles ont de faire revivre toute la fin du dix-huitième siècle et de nous montrer la fidèle peinture de ses costumes et de ses mœurs, sont aussi remarquables par une grande finesse d'exécution. La composition en est claire, l'expression précise, le goût délicat et le sujet toujours spirituel.

232

Le grand-père paternel de notre héros fut aussi une célébrité dans son genre : Jean-Pierre Vibert, soldat de la première République et de Napoléon, qui, forcé de quitter l'armée à la suite de trop nombreuses blessures, devint horticulteur par amour des fleurs. Il éprouvait, à la vue de leurs belles couleurs, une véritable jouissance, et, à quatre-vingt-dix ans, quelques jours avant sa mort, il disait à son petit-fils, en arrangeant dans un vase son bouquet quotidien : « Vois-tu, petit, un homme ne sait vraiment ce qu'il a le plus aimé sur terre que par ce qui lui reste au cœur dans ses derniers jours. J'ai, comme tout le monde, cru adorer et détester bien des gens et bien des choses ! En vérité, je n'ai aimé que Napoléon et les roses. Aujourd'hui, après presque un siècle de révoltes contre toutes les injustices que j'ai vues et tous les maux dont j'ai souffert, il ne me reste que deux haines profondes : l'une pour ceux qui ont trahi mon empereur, l'autre pour les vers blancs qui ont détruit mes roses ! »

Ce jardinier philosophe, qui a écrit de fort bons ouvrages sur la culture de sa fleur favorite, a créé plusieurs espèces nouvelles aujourd'hui très répandues, entre autres la rose Aimée Vibert, et une rose rouge à laquelle il a donné le nom de son petit-fils : la rose Georges Vibert. C'est ainsi que, soit hasard, soit divination, le peintre fut voué au rouge dès son berceau.

Mon compagnon ne manquerait pas de prétendre qu'il s'est fait tout seul ; mais il est bien facile de voir qu'au contraire, il était tout entier en germe dans ses aïeux.

Le travail opiniâtre, l'imagination inventive, la clarté, la précision, le goût, la finesse, l'esprit comique et la passion des couleurs sont, en somme, des qualités de la race française, à qui il en manque tant d'autres !

En héritant, si peu que ce soit, des qualités de ses ancêtres, il était déjà prédisposé à devenir peintre.

Ne cherchons pas à tirer vanité des facultés que nous devons à Dieu.

Souvenons-nous aussi que l'art est un édifice, commencé depuis déjà bien des siècles, auquel toutes les civilisations ont travaillé tour à tour, et que la plus grande gloire d'un artiste ne peut être que d'y avoir apporté une très petite pierre.

Ce fut, naturellement, dans l'atelier de son grand-père Jazet que le jeune élève travailla d'abord, et ses premiers essais furent dans l'art de la gravure.

Mais le blanc et le noir ne suffisaient pas à son œil avide des ivresses de la couleur, et son imagination préférait vagabonder pour son compte que de copier fidèlement les compositions des autres ; aussi fut-il promptement décidé à poursuivre ses études du côté de la peinture, et, s'il revint quelquefois plus tard à son premier métier de graveur, ce ne fut que bien rarement.

Son nouveau maître, Félix Barrias, était un excellent professeur qui, s'il forçait à de sérieuses études, ne cherchait cependant pas à imposer sa manière, et qui, dans les nombreux élèves de valeur qu'il a faits, a toujours su conserver et développer l'originalité propre à chacun d'eux. Mais il avait une méthode sévère ; il voulait que l'on dessinât longtemps avant de peindre, et ce ne fut qu'après encore trois ans passés dans la demi-obscurité des crayons noirs et blancs sur les papiers gris, que le pauvre assoiffé eut enfin la permission d'introduire son pouce dans le trou d'une palette chargée de plus de couleurs qu'on n'en pourrait user en huit jours.

A ce moment inoubliable, comparable à celui où la chenille devient papillon, le nouveau peintre faillit perdre connaissance, tant l'émotion fut grande.

Je n'étais encore qu'une bien petite conscience à cette époque-là ; mais j'avais approuvé les exigences du maître, que mon compagnon qualifiait de barbarie, et je crois que, depuis, il a reconnu que j'avais raison.

Aussitôt que nous fûmes en possession de couleurs, je dois dire que je perdis beaucoup de mon autorité dans notre jeune ménage, et mon fougueux émancipé se livra à des orgies d'harmonies fantaisistes auxquelles je ne pris aucune part. Ce fut

l'époque des folies de jeunesse. Le malheur, c'est que, de ces élucubrations échappées d'un cerveau en délire, quelques-unes se retrouvent de temps en temps ; et quand elles nous tombent sous les yeux, nous avons des scènes. On me reproche de les avoir laissé faire ! C'est bien nature ! A l'École des beaux-arts, où il entra à l'âge de seize ans, notre apprenti peintre ne fut pas bien brillant. Il prit tout de suite la première place pour la composition et la garda pendant les six ans que durèrent ses études ; mais ce fut tout. La première fois qu'il fut admis à concourir pour le grand-prix de Rome, il avait dix-sept ans et demi. Le sujet du tableau était *Sophocle devant ses juges.*

Quelle nécessité y a-t-il à parler de ces débuts d'élève, qui sont, en somme, insignifiants ?

LA CONSCIENCE

Mais je trouve que, dans l'histoire d'un peintre, il est bien plus intéressant de montrer ses premiers essais, fussent-ils médiocres, que ses meubles et sa maison. C'est mon avis, et, comme vous m'avez laissée libre de conduire cette notice, j'en use à mon gré. Ainsi, je tiens à faire voir aussi ce tableau que vous avez peint au sortir de l'École : *la Leçon de chant au couvent.* C'est le premier que je vous ai permis de vendre ; car vous m'avez consultée, et, s'il vous en souvient, je fus bien per-

plexe. Mais ce n'est pas pour les émotions qu'il nous a causées que je le place dans cette biographie ; c'est parce que, pour juger des progrès d'un artiste et se rendre compte de ses différentes manières, il est nécessaire que l'on soit renseigné sur ses commencements. Vous qui vous targuez d'exactitude, il me semble

qu'en voilà. Le jeune peintre envoya au Salon pour la première fois, en 1863, trois œuvres : *Repentir, la Sieste,* et un portrait, pour lesquels il obtint une mention honorable. L'année suivante il exposa un *Narcisse changé en fleur,* qui lui valut une médaille.

235

Ah ! pour le coup, je proteste ! Vous n'allez pas, je suppose, faire défiler toutes les tentatives infructueuses que j'ai faites dans un genre que j'ai ensuite abandonné ?

LA CONSCIENCE

Parfaitement, au contraire ! Je trouve encore utile de faire savoir qu'avant de vous livrer à vos fantaisies personnelles, vous avez eu la sagesse de continuer des études arides peut-être, mais très salutaires. Ce sera d'un bon exemple.

Un artiste ne doit jamais chercher l'originalité. Il doit commencer par faire comme tout le monde, et, s'il est destiné à être un jour original, il le deviendra naturellement, sans effort. Une première éducation banale n'étouffe jamais la sève d'un esprit indépendant et lui est, au contraire, un précieux modérateur.

Pour l'exposition de 1865, notre ami exécuta un grand tableau représentant des martyrs chrétiens dans la fosse aux lions, et, pour celle de 1866, une étude de nu grandeur nature, *Daphnis et Chloé*. Après le temps de l'École, déjà rempli de déceptions et de tristesses, avait commencé la grande lutte, autrement pénible avec ses sombres désespoirs. Heureusement, mon compagnon eut, durant ces longues

épreuves des débuts de sa vie, un auxiliaire admirable : ce fut sa mère. Elle n'avait que dix-huit ans quand il vint au monde, et, comme il perdit son père dès son enfance, ce fut elle qui l'éleva. C'était une des plus pures beautés de son époque, et c'est encore aujourd'hui, du reste, une des plus belles vieilles femmes que l'on puisse voir. D'un caractère très ferme et d'une tendresse infinie, elle sut prendre et diriger son fils.

C'est avec toujours sous les yeux, comme modèle, ce si beau visage de sa mère et le cœur rempli de sa douce affection, que l'enfant grandit. Lorsqu'il devint homme, il resta sous cette bienfaisante influence d'une mère, qui toujours soutient et toujours console ; car, tout jovial qu'il semble devoir être, ce pauvre ami n'est au fond qu'un nerveux inquiet, doutant de tout, et qu'un rien décourage.

Le jeune peintre Vibert eut enfin son premier succès véritable dans la peinture de genre en 1867, et, à partir de ce jour-là, sa vie fut celle de tous les autres peintres. Il eut des médailles, des croix, des honneurs comme tout le monde. Quant à ses œuvres, qui courent à travers le monde, qu'elles se tirent d'affaire elles-mêmes ; ce n'est pas nous qui pouvons les défendre, et, pour ce qui est de dire celles que l'artiste préfère, jamais ! Un père aime tous ses enfants, quoiqu'il soit rarement content d'eux.

On remarquera peut-être que je n'ai parlé ni de voyages ni d'aventures. C'est que les voyages d'un peintre, ce sont ses tableaux qui les racontent, et pour les aventures.... si j'en ai été témoin, je n'en suis pas complice.

Une seule fois, cependant, j'ai entraîné mon compagnon loin de son art, mais non de son devoir. C'était pendant l'année 1870, année triste entre toutes, où je l'ai promené, déguisé en soldat, sur les champs de bataille autour de Paris assiégé, et d'où je l'ai ramené blessé, malade et découragé. Je dois dire, à sa louange, que de toutes les bêtises qu'il prétend que je lui ai fait faire, c'est encore celle-là qu'il m'a le moins reprochée.

Maintenant, cher ami, si je n'ai peut-être pas fait votre biographie comme vous l'eussiez désiré faire vous-même, je suis sûre, du moins, d'avoir rempli mon devoir en apportant ici le juste tribut de reconnaissance que vous devez à ceux qui vous ont fait ce que vous êtes.

Et je signe pour vous en bonne conscience.

J.-G. VIBERT.

TABLE DES MATIÈRES

DU TOME SECOND

II. — ff

LIVRE XV

EN BRETAGNE

LIVRE XVI

LES PETITES MÉDISANCES

LIVRE XVII

AMOUR ET GUERRE

LIVRE XVIII

LIVRES ET ŒUVRES D'ART

LIVRE XIX

BÉATITUDES

LIVRE XX

AUTOBIOGRAPHIE DE L'AUTEUR

FIN DU TOME SECOND ET DERNIER

ACHEVÉ D'IMPRIMER

LE 15 FÉVRIER 1902

———

LE TIRAGE DES PLANCHES A ÉTÉ EXÉCUTÉ SUR LES PRESSES
DE MM. FORTIER ET MAROTTE

L'IMPRESSION TYPOGRAPHIQUE A ÉTÉ FAITE PAR LES SOINS
DE L'IMPRIMERIE J. DUMOULIN

LE PAPIER VÉLIN A LA FORME AVEC FILIGRANE SPÉCIAL
A ÉTÉ FABRIQUÉ
PAR LES PAPETERIES D'ARCHES

TRAVAILLEZ
PRENEZ de la PEINE

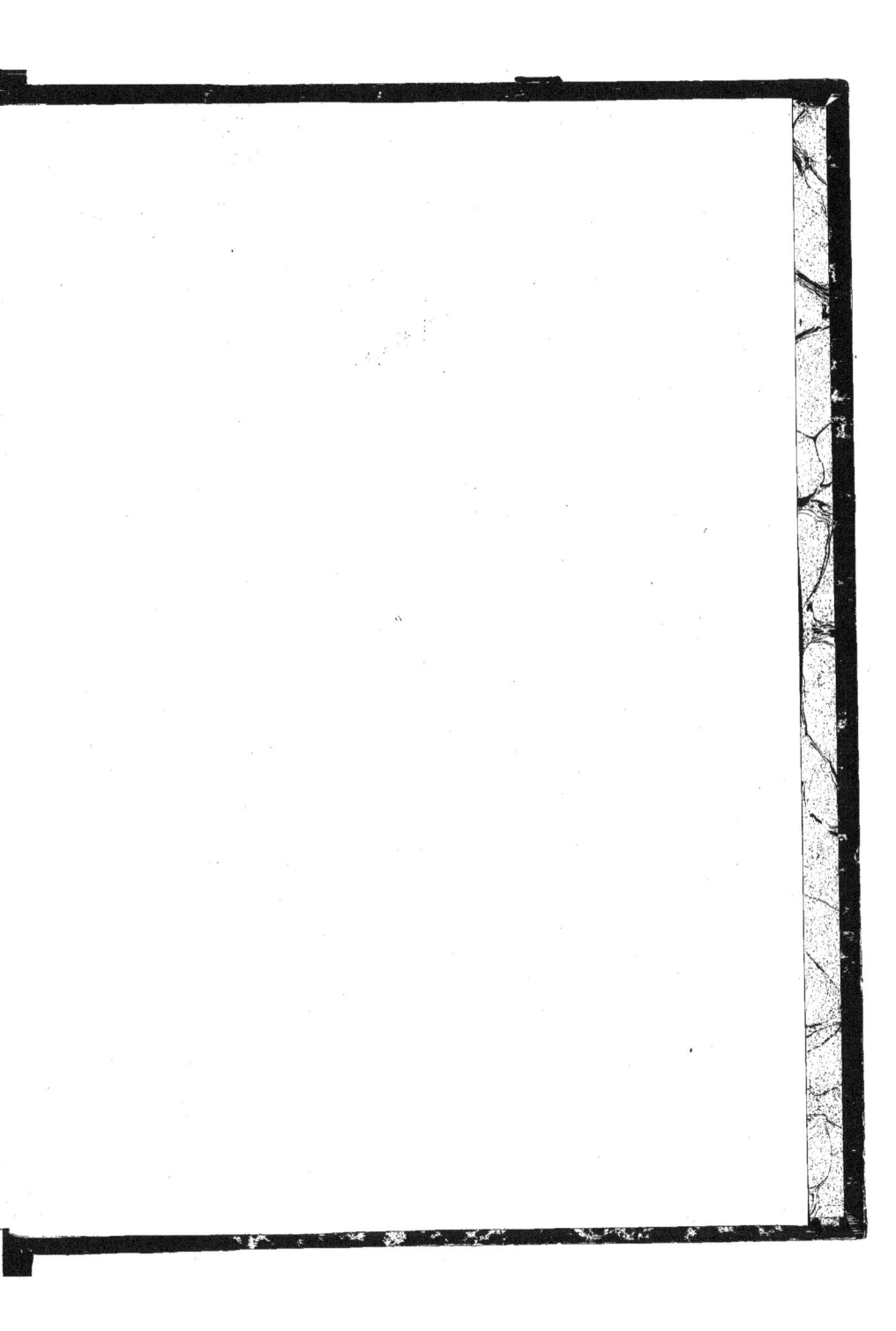

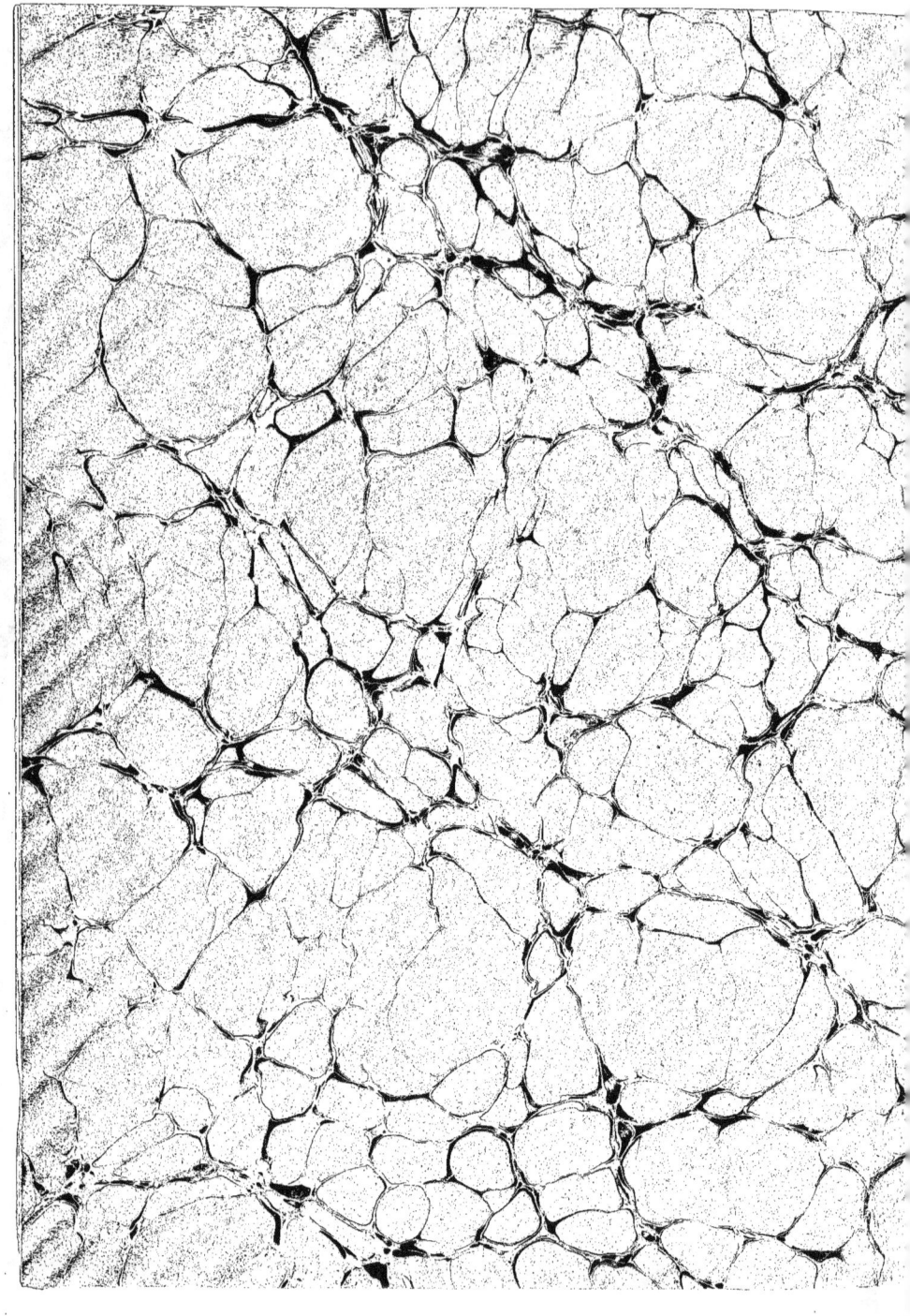

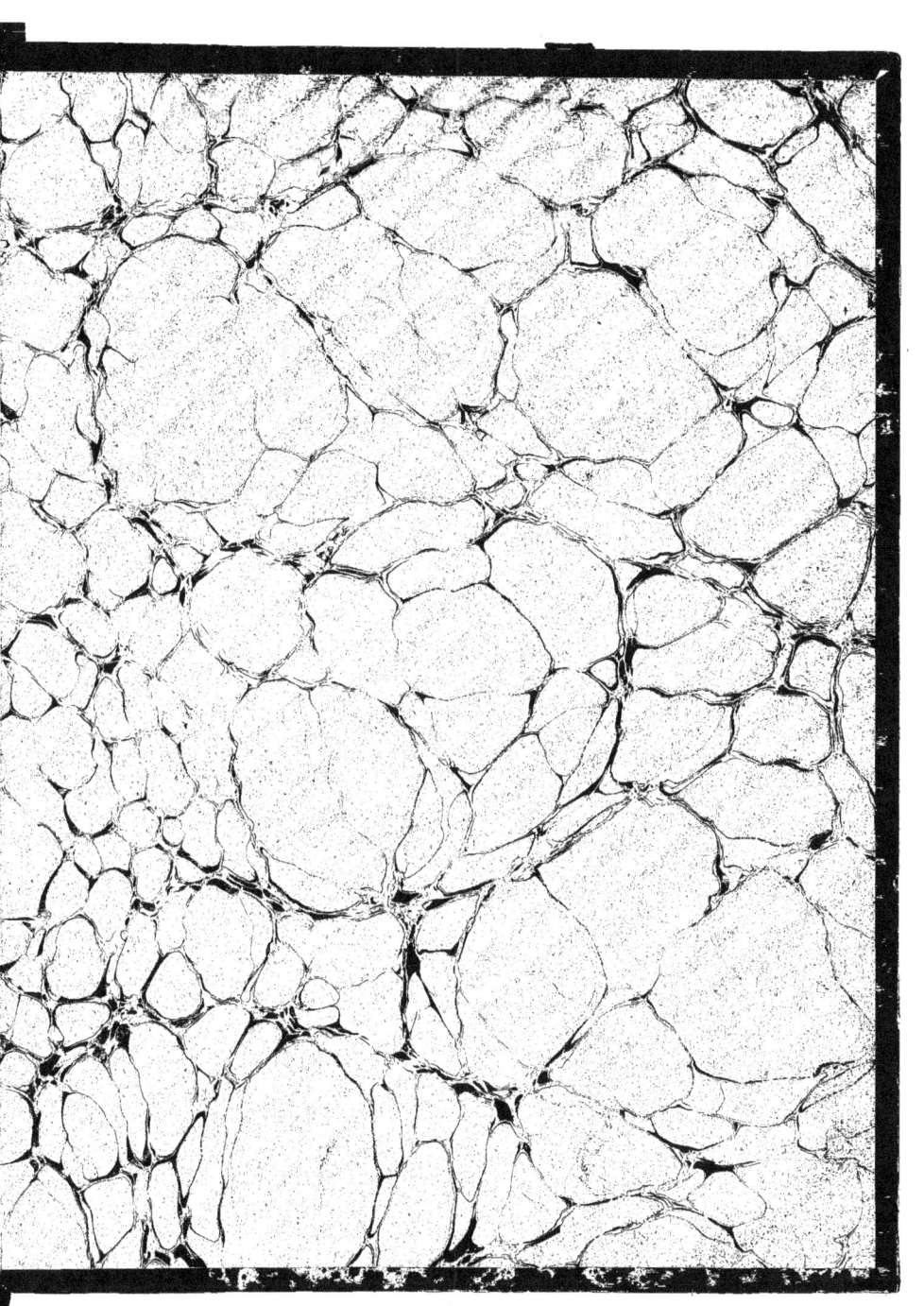

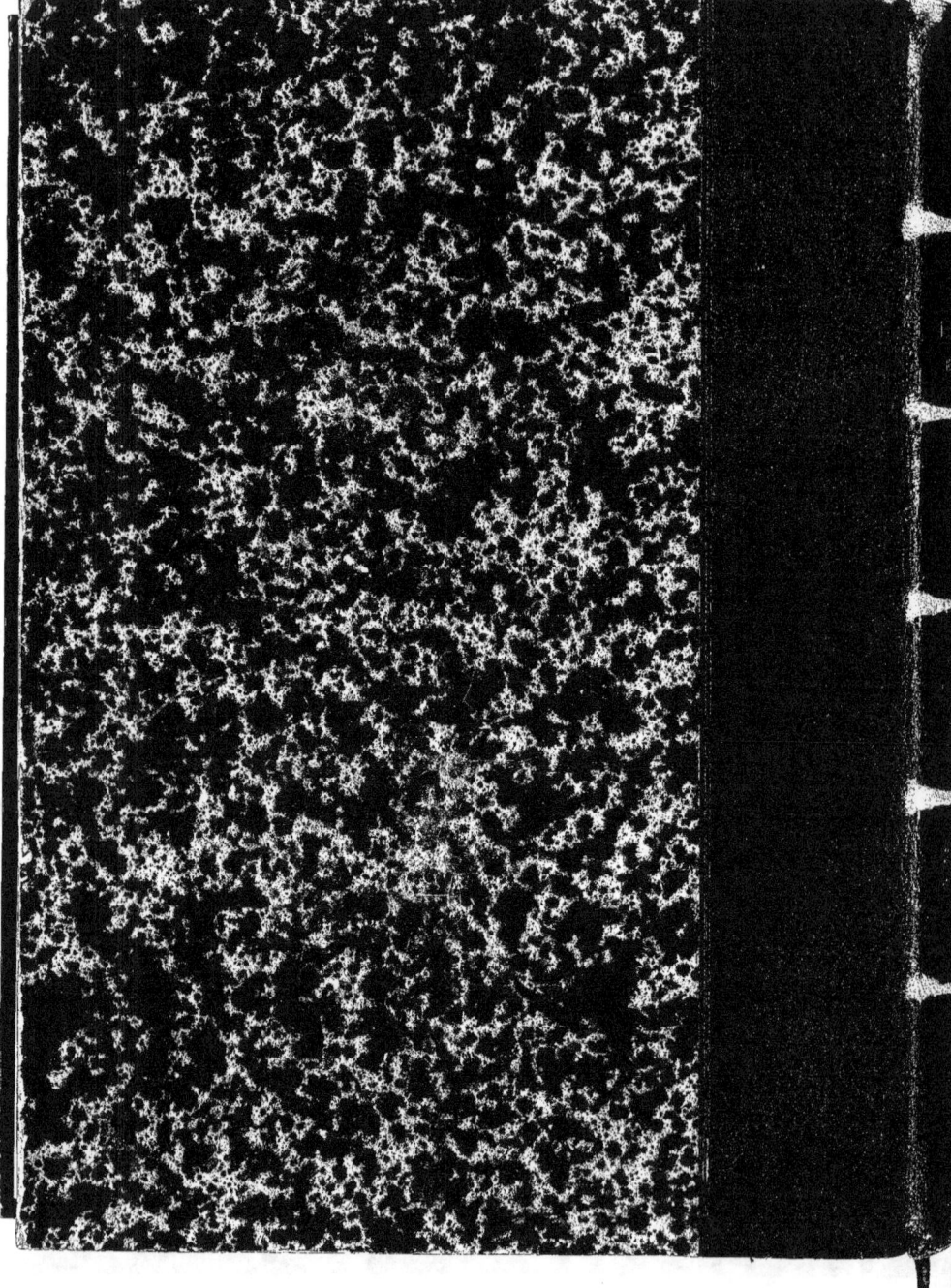